Vivendo algo a mais

Editora Appris Ltda.
1.ª Edição - Copyright© 2023 dos autores
Direitos de Edição Reservados à Editora Appris Ltda.

Nenhuma parte desta obra poderá ser utilizada indevidamente, sem estar de acordo com a Lei nº 9.610/98. Se incorreções forem encontradas, serão de exclusiva responsabilidade de seus organizadores. Foi realizado o Depósito Legal na Fundação Biblioteca Nacional, de acordo com as Leis nos 10.994, de 14/12/2004, e 12.192, de 14/01/2010.

Catalogação na Fonte
Elaborado por: Josefina A. S. Guedes
Bibliotecária CRB 9/870

S237v 2023	Santos, Josiel
	  Vivendo algo a mais / Josiel Santos. – 1. ed. – Curitiba : Appris, 2023.
	  149 p. ; 23 cm.
	
	  Inclui bibliografia.
	  ISBN 978-65-250-5147-5
	
	  1. Espiritualidade. 2. Deus. 3. Vida. I. Título.
	
	 CDD – 248.2

Appris
editora

Editora e Livraria Appris Ltda.
Av. Manoel Ribas, 2265 – Mercês
Curitiba/PR – CEP: 80810-002
Tel. (41) 3156 - 4731
www.editoraappris.com.br

Printed in Brazil
Impresso no Brasil

Josiel Santos

Vivendo algo a mais

Appris editora

FICHA TÉCNICA

EDITORIAL	Augusto Coelho
	Sara C. de Andrade Coelho
COMITÊ EDITORIAL	Marli Caetano
	Andréa Barbosa Gouveia (UFPR)
	Jacques de Lima Ferreira (UP)
	Marilda Aparecida Behrens (PUCPR)
	Ana El Achkar (UNIVERSO/RJ)
	Conrado Moreira Mendes (PUC-MG)
	Eliete Correia dos Santos (UEPB)
	Fabiano Santos (UERJ/IESP)
	Francinete Fernandes de Sousa (UEPB)
	Francisco Carlos Duarte (PUCPR)
	Francisco de Assis (Fiam-Faam, SP, Brasil)
	Juliana Reichert Assunção Tonelli (UEL)
	Maria Aparecida Barbosa (USP)
	Maria Helena Zamora (PUC-Rio)
	Maria Margarida de Andrade (Umack)
	Roque Ismael da Costa Güllich (UFFS)
	Toni Reis (UFPR)
	Valdomiro de Oliveira (UFPR)
	Valério Brusamolin (IFPR)
SUPERVISOR DA PRODUÇÃO	Renata Cristina Lopes Miccelli
PRODUÇÃO EDITORIAL	Daniela Nazario
REVISÃO	Katine Walmrath
DIAGRAMAÇÃO	Renata Cristina Lopes Miccelli
CAPA	Lívia Costa

Apresentação

Esta curta obra é algo que nasceu de um desejo gigante em mostrar que a vida pode ser mais do que os olhos podem alcançar, algo mais além do que nossas mãos podem apalpar. Quis por meio dela tratar de questões pessoais, mas que, ao mesmo tempo, se tornam questões universais. Um dos pontos que respeito muito, admiro e apoio é o da crença, o qual tratei brevemente aqui. Não uma crença em pessoas ou em organizações, mas em alguém que vive, que se mostra e que sempre esteve tão perto da humanidade.

O intuito destas páginas é apenas acrescentar uma saudável reflexão a você, caro leitor; espero que a partir de uma leitura fluida, calma e com uma boa intenção você possa adquirir novos e bons sentimentos, pensamentos. Que você possa chegar a algum lugar em que nunca antes tenha querido estar. *Vivendo algo a mais* é um convite justamente para olharmos mais para questões que muitas vezes descartamos ou ignoramos. É um convite para avaliarmos se vale a pena ou não crer, mesmo quando nossa situação rotineira parece adversa. Esse convite é algo particular, a que você com livre escolha pode corresponder ou ignorar. Aqui temos apenas uma simples amostra sobre o poder da crença. Com muito carinho, desejo uma ótima leitura e uma boa reflexão por meio desta humilde história.

Sumário

Introdução 9
O início de uma jornada 10
Um jeito novo de ver o mundo 24
Maia sem saber se torna um momento do passado 29
Inesperado, mas acontecido 33
Idade e novas responsabilidades 38
Um novo e mais delicado estudo 43
O debate 46
1º dia 47
2º dia 49
3º dia 51
4º dia 53
5º dia 56
Distância de Charles 58
O último e o primeiro 61
Um novo mistério 63
Momentos difíceis 67
Charles começa suavemente a acordar 72
Um novo itinerário 80
O lugar escolhido 84
Um tempo doloroso 91
Um diagnóstico e uma mudança de vida 98
Nem tudo foi por água abaixo 105
A vida com o Sinai 110

Novo amadurecimento 115
O código 118
Em busca de progresso 122
Colheita árdua 130
Ainda não acabou 140
Quando vale a pena viver 141
Camille e Nathan 143
Pai e mãe 144
Meu querido Pierre 145
A todos os meus colegas de sala e de escola 146
Palavras que tocam a alma 148

Introdução

Quem nunca sentiu dúvidas sobre determinados tipos de assuntos ou quaisquer outras coisas? Certamente todos nós temos ou tivemos nossas rasas, profundas, curtas ou longas experiências com as dúvidas. Sabemos que a dúvida faz parte do nosso processo enquanto seres humanos, e consequentemente podemos conhecer um mundo fantástico ou nada apreciável a partir dela.

A história a seguir se desenrola a partir da pequena, e considerável dúvida de um garotinho; com isso iremos presenciar toda a trajetória de um jovenzinho que parecia ter esquecido de suas antigas dúvidas e que, em seu futuro presente, se depara novamente com elas, e por meio delas conhece um novo mundo e vive alguns momentos únicos na vida. O dedicado jovem vive experiências comuns como todos os outros, até que então algo, ou melhor, alguém, alguém extraordinário se manifesta na vida dele, e aquele mesmo ordinário jovem vê coisas que estão muito além da sua compreensão.

Quem diria que um saudável debate poderia partir de dois jovens a respeito da existência ou não existência de Deus?

Um debate como esse, tão rico em interação, comunicação e conhecimento, sem dúvida alguma, deve ser acompanhado de perto, você não acha?

Confira a experiência de um jovem que tem muito a ensinar!

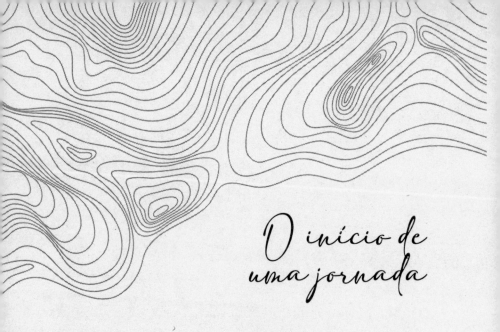

O início de uma jornada

Tudo começou por volta de 1980, em um pequeno vilarejo na região sul do Brasil, no estado de Santa Catarina. Nesse vilarejo havia um garotinho chamado Charles Tyler. Charles tinha 10 anos de idade, filho único, seu pai se chamava Joseph Tyler e sua mãe, Margarida Dornelles Tyler, esposa de Joseph. A família Tyler era nobre, no entanto, viviam de forma simples e tinham como costume religioso ir às missas de domingo. Costume esse que derivou dos antigos da família de Margarida. Apesar de entender pouca coisa ou quase nada do que ocorria dentro da igreja, Joseph ainda assim se fazia presente na missa, não por sua livre vontade, mas por pedido de sua esposa.

Assim como Joseph, o pequeno Charles pouco entendia o que se passava dentro daquela simples igreja em que ele e seus pais se faziam presentes de domingo em domingo. Para Charles nada se encaixava, não fazia sentido aquele tão fiel compromisso de domingo. Cada domingo, cada ida à igreja, para Charles era entediante essa repetição, ainda mais porque não compreendia nada que ali se passava…

Até que em uma bela manhã de domingo, cerca de uma hora e meia depois de terem chegado da missa, Charles resolve fazer uma busca por respostas sobre, afinal, qual era a finalidade daquele compromisso tão fiel aos domingos. Naquela manhã o pequeno foi até o quintal, onde se encontrava seu pai, lá estava Joseph cortando algumas lenhas (apesar de terem uma vida financeira agradável, Joseph nunca abandonava alguns serviços braçais). Assim que Charles chegou, Joseph parou o que estava fazendo, limpou o suor da testa e olhou para o filho.

— Oi, filho, tá tudo bem? — perguntou Joseph.

— Sim, pai, estou bem e o senhor?

— Bem.

O garoto, fitando os olhos no pai, lhe pergunta:

— Pai, por que vamos àquela igreja todos os domingos?

— Ah, filho, porque é preciso, né, sempre é bom ir na igreja — responde Joseph, sem levar muito a sério a pergunta.

— Mas por quê? Por que vamos lá? Lá não tem nada divertido — retorna Charles.

Joseph percebe que a dúvida do pequeno é maior e mais concreta do que ele podia imaginar e responde:

— Filhão, olha, eu não entendo sobre essas coisas da igreja, nem entendo bem o que acontece lá, mas sua mãe com certeza sabe te responder isso.

Talvez, você se intrigue pelo fato de Joseph não ter dito nada a respeito de Deus ao seu filho, realmente é estranho falar sobre igreja e não mencionar a pessoa de Deus, mas isso foi o que se passou naquela manhã entre Joseph e seu filho, estranhamente foi isso o que ocorreu.

— Está bem, pai — disse Charles.

Saindo, Charles foi até a sala de estar da casa, pois tinha em mente que sua mãe estaria por lá em meio às ocupações da casa como de costume.

— Mamãe? — gritou o pequeno, ao chegar na sala.

— Aqui, querido — veio da cozinha a voz de sua mãe.

O pequeno Charles vai até a cozinha, onde encontra sua mãe cortando algumas verduras para o almoço e, sem nenhum rodeio, questiona:

— Mãe, por que vamos todos os domingos àquela igreja?

— Vamos ver nosso amigo, meu bem — responde tranquilamente, sem pensar em uma resposta grande ou com muitas informações.

— Qual? — Charles questiona. — Não vejo quase nenhum dos meus amigos lá e os que vejo não gosto tanto.

Vendo que a curiosidade do pequeno era maior do que ela esperava, Margarida para com seu serviço e diz:

— Me refiro a Jesus, Charles, todas as manhãs que vamos àquela igreja é a ele que vamos visitar.

— Mas, mãe, como eu não o vejo, nunca o vi, nem sei quem é esse Jesus?... Já ouvi algumas pessoas falarem por aí sobre esse homem, mas ninguém nunca o vê, como a senhora diz "vamos visitá-lo", se eu nunca o vi? Como ele é? Seu cabelo, seus olhos, sua altura, sua cor?... Eu não sei, mamãe, quem é Jesus?

A forma como seu pequeno garoto fala a surpreende, chegando até a inquietá-la e fazê-la pensar sobre o assunto. Então, Margarida, após alguns rápidos pensamentos, se ajoelha, pega nas mãos do filho e lhe diz:

— Calma, meu querido, eu sei que está confuso e também curioso sobre o que fazemos lá na igreja. Olha — diz Margarida sorrindo —, você é muito pequeno para tantas perguntas assim, não acha?

— Eu não sei — diz o garotinho com a cabeça baixa.

Vendo seu pequeno rostinho triste, ela diz:

— Não fique assim, vou responder todas as suas perguntas, meu homenzinho.

O pequeno se alegra e lhe devolve um belo sorriso.

Sua mãe então diz:

— Só preciso terminar de fazer o almoço, está bem?

— Tá bem, mamãe — responde Charles.

Com isso Charles segue para o quintal para brincar, sua mãe fica ali na cozinha refletindo sobre aquele pequeno momento, em que ela não esperava acontecer algo como o ocorrido.

Passado um tempo, Margarida chama Charles para o almoço e pede para ele chamar também seu pai, ele o chama e seguem para almoçar.

Após o almoço, o pequeno Charles olha para sua mãe e diz animado:

— Vamos, mamãe, quero saber sobre Jesus.

Margarida o olha um pouco impressionada, pois achava que o seu pequeno já nem se lembrava mais daquele assunto, porém, ela estava enganada.

— Querido, vou apenas recolher a louça, lavá-la e já em seguida a gente conversa, está bem?

— Sim — retruca o pequeno.

Enquanto esperava pela sua mãe, o pequeno Charles foi até seu quarto brincar; sua mãe, enquanto lavava a louça, pensava em seu íntimo a respeito da curiosidade do filho e de como lhe falar sobre aquele assunto. Depois que acabou os serviços, foi à procura do pequeno, mas ao chegar no quarto encontrou vários brinquedos espalhados por todos os cantos e Charles calmamente dormindo.

À noite, mais ou menos às 19h20, o pequeno Charles finalmente acorda, sua mãe estava preparando a janta. Após tomar banho, Charles percebe que a janta já está posta, ele se junta aos seus pais, porém diz que está sem fome, sua mãe lhe pede para comer ao menos um pouquinho, ela lhe serve, mas o menino não toca na comida nem diz nada e o silêncio reina no momento...

Joseph, achando estranho o comportamento de seu filho, lhe dirige a palavra:

— O que houve, filho? Parece triste.

O pequenino continua em seu silêncio, na verdade parece nem ter ouvido uma só palavra de seu pai. Joseph fala novamente com Charles, mas desta vez um pouco mais alto:

— Charles? Não está me ouvindo?

Tomando um pequeno susto, o pequeno olha para seu pai e responde:

— Oi, desculpa, pai, estava com a cabeça longe.

Sua mãe sorri e pergunta:

— O que meu pequeno estaria a pensar numa hora dessas?

Charles sem muito ânimo olha para sua mãe e diz calmamente:

— Não é nada.

Margarida conhece bem o filho, para saber que aquele "nada" poderia ser qualquer coisa. Ela insiste com o pequeno:

— Aconteceu alguma coisa?

Balançando a cabeça, Charles diz não.

— Meu bem, estamos aqui — diz Margarida —, você pode contar com a gente para tudo, suas dúvidas, seus medos, estamos aqui para te ajudar.

Charles respira fundo e lhe diz:

— Não é nada... são apenas dúvidas que estão em minha cabeça, respostas que gostaria de encontrar, coisas que queria entender, são essas coisas...

— Ainda está pensando no assunto da igreja? Sobre Jesus? — pergunta Margarida.

Charles confirma balançando a cabeça.

Margarida, olhando para seu pequeno filho, respira fundo e lhe diz:

— Olha, Charles, eu entendo suas dúvidas, você sempre terá curiosidades, essas e muitas outras, eu e seu pai também temos muitas dúvidas e estamos hoje atrás de respostas, mas nem tudo vem no nosso tempo, entende, querido? Tem coisas que são difíceis de explicar.

— Mas não é algo simples essa pergunta? — retruca o garoto.

Charles inocentemente achava que para um adulto tudo era mais fácil ou simples, inclusive responder perguntas como aquelas.

Com a insistência do filho, Margarida fica um pouco nervosa; apesar de ser paciente, acaba se estressando um pouco com seu pequeno, pois ela sabia que aquele era um assunto um pouco complexo até mesmo para ela; no momento não encontrava uma melhor forma de falar sobre ele e por fim tentou convencer seu filho dizendo:

— É um pouco difícil, querido, na verdade não sei muita coisa sobre Jesus. É isso, eu só sei que ele por amor a nós morreu na cruz, veio, sofreu, é só isso que sei, nunca me perguntei muito sobre essas coisas, vamos na igreja porque ele está lá e quer que vamos visitá-lo.

Ao ouvir aquelas palavras, a curiosidade de Charles parecia ter ainda mais se expandido, porém, sentindo a forma como a sua mãe lhe respondeu, procurou não fazer mais perguntas naquele momento.

— Entendi, mamãe — disse o pequeno.

Margarida o olha com um sorriso gentil, mas que no fundo ela sabia que era forçado. Por alguns minutos, reina o silêncio naquela mesa. Deixando toda a sua comida no prato, Charles se levanta, vai para seu quarto, sai de forma silenciosa e seus pais permanecem ali.

— Ele ficou com receio de fazer mais perguntas — observou Joseph, olhando para a esposa.

Margarida permanece calada, pensando sobre o ocorrido. Após a janta, Margarida foi até o quarto do pequeno, conversar um pouco e lhe dar um beijo de boa noite, mas o menino já havia caído no sono.

Chegando o novo dia, é dia de aula para o pequeno Charles. Ele já estava acostumado a seguir sozinho para o ponto de ônibus, mas naquela manhã sua mãe decidiu lhe fazer companhia, para ter uma conversa mais tranquila do que a da noite anterior. No entanto, conversaram apenas ao chegar no ponto de ônibus.

— Meu filho, me desculpe por ontem, se não pude te ajudar é que tem coisas que eu não sei explicar — disse Margarida, olhando nos olhos do pequeno.

— Tudo bem — disse Charles.

A conversa foi pouca e curta, pois logo o ônibus se aproximava, Margarida se despediu e Charles entrou no ônibus.

Charles era sempre mal-recebido por seus colegas no ônibus, olhares nada amigáveis o cercavam; há tempos Charles estava acostumado com aquilo, mas naquela manhã algo diferente aconteceu, um pequeno garoto, com a mesma idade que Charles, lhe ofereceu educadamente um lugar ao seu lado:

— Pode se sentar aqui se quiser — disse o gentil garoto depois de com certo esforço ter conseguido tocar o ombro de Charles, por trás.

Charles era acostumado a ir sempre de pé no ônibus, raramente ia sentado; apesar de ter quase sempre três, dois ou quatro lugares sobrando, seus colegas repetidas vezes deixavam claro que ele nem pensasse em encostar sua magrela bunda naqueles assentos. O motorista do ônibus sempre via, mas nunca, jamais interveio. Talvez ele não tivesse filho, ou nunca tivesse passado por algo daquele tipo, ou até mesmo tivesse passado e achasse justo Charles também passar, ou quem sabe lá no fundo aquilo não fazia a menor diferença no seu dia.

Ninguém queria o pequeno Charles do seu lado e muito menos como amigo. O porquê disso Charles não sabia... Ele até mesmo tentava fazer amigos, mas ninguém mostrava interesse em ter sua amizade.

Ao se virar e olhar para trás, Charles vê seu gentil colega lhe ofertar aquele assento, poderia ser uma pegadinha, mas o olhar do colega parecia ser diferente de todos os outros ali dentro. Poderia ser uma oportunidade de pela primeira vez naquele ano conversar saudavelmente com algum colega dentro daquele ônibus.

Silenciosamente o jovem seguiu para se sentar, poderia estar contente por dentro, pois alguém finalmente tinha lhe oferecido simpaticamente um lugar, mas, ainda assim, Charles não baixou a guarda.

— Obrigado — disse Charles, já sentado, com a voz baixa.

— Não precisa agradecer — disse o colega —, o assento é para todos.

— Pena que todos aqui no ônibus não pensam assim — disse Charles.

— Percebi mesmo — assentiu o colega —, mas eu penso. Me chamo Victor.

— Charles.

Naquela manhã parecia que Charles enfim havia encontrado a oportunidade de ganhar um amigo. Victor e ele seguiram o percurso conversando como se já se conhecessem há anos, faziam perguntas um ao outro com muita intimidade e pouquíssima timidez de ambas as partes. Pelo que parecia, Victor também não tinha muitos amigos ou quase nenhum, essa união naquela manhã mostrou o quão gostoso é o poder de uma simples e generosa amizade.

Conforme o tempo passava, Charles percebeu que havia encontrado não apenas um mero colega de escola, mas sim um bom amigo e para a vida inteira, que assim como ele também tinha inúmeras dúvidas e curiosidades. Não demorou muito e os dois garotos eram praticamente inseparáveis, pelo menos dentro da escola. Vez ou outra, se desentendiam, mas logo estavam novamente unidos. Apesar de ambos terem grandes curiosidades, isso não os fez buscar assim rápido por respostas, distraidamente estavam apenas vivendo e se divertindo, até então sem muitas preocupações, afinal eram apenas pequenos garotos, sem grandes responsabilidades e compromissos, vivendo uma bela fase da vida. Charles, por sua vez, tinha deixado algumas questões para trás, ele havia naturalmente se esquecido de suas primeiras curiosidades, mas não elas dele...

Após cerca de quatro meses de aula, alguns alunos da escola, e não apenas eles, mas também seus pais, foram surpreendidos com a triste notícia de que o transporte escolar não poderia mais passar por algumas rotas em que moravam alguns alunos, o motivo era que as estradas se encontravam em uma desagradável situação, e isso estava começando a afetar a qualidade e zelo do transporte escolar; para tristeza de Charles e Victor, eles faziam parte dessa lista de alunos afetados. Isso era ruim, porém, nem por isso estava isento de se tirar algum proveito. Isso, no fim das contas, acabou colaborando para que Charles vivesse uma nova experiência.

O ponto de ônibus em que Charles pegava o ônibus era em uma encruzilhada, sua casa ficava a cerca de 350 metros de distância e o pequeno já estava tão acostumado com o trajeto que o fazia todos os dias tranquilamente e sozinho.

Certo dia, ele e seu companheiro inseparável, Victor, vinham da escola como sempre conversando sobre mistérios da vida e do mundo. Até então tudo dentro do que era o costume. Charles e Victor agora tinham a desagradável consequência de ir e vir da escola sozinhos e a pé. Felizmente caminhar em dois era muito melhor que sozinho: tinham como início e separação o antigo ponto em que antes Charles pegava o ônibus, nesse ponto, pela manhã, se encontravam, já por volta de 12h50 ambos se separavam e seguiam sozinhos seus percursos para casa. O tempo foi passando e logo os dois tinham um relevante tempo de amizade.

O percurso repetitivo não proporcionava tantas novidades a Charles, mas pela primeira vez em meses algo estava diferente, ou melhor, havia algo diferente naqueles 350 metros entre o ponto de ônibus e a sua casa. Seguindo seu trajeto, o pequeno observa vindo ao seu encontro um senhor, aparentemente de uma idade avançada, segurando uma bengala. Charles fica um pouco admirado por ver um senhor daquela idade sozinho por ali, no entanto, segue o seu caminho e no momento em que ia passar pelo senhor este lhe dirige a palavra:

— Olá, meu caro jovem — disse o velho gentilmente —, estou procurando um homem. Um homem simples, gentil, ele sempre passa por aqui, mais ou menos a essa hora, você o viu por aí?

— Não — diz o pequeno.

— É uma pena — diz o senhor —, faz tempo que tento alcançá-lo... Obrigado, filho.

O senhor retoma seu caminho, e Charles também.

Para Charles nada fora do normal aconteceu. Por mais que ele nunca tivesse visto aquele senhor, para ele estava tudo dentro do comum. Era seu costume seguir para casa por aquele mesmo caminho e continuou fazendo o trajeto de costume. No entanto, a cada quarta-feira vindo da escola ele passou a encontrar aquele senhor, e a cada dia aquele senhor lhe perguntava por um "novo" alguém ou alguma "nova" coisa.

O senhor já lhe tinha dito "procuro aquele que tem as mãos furadas, a luz, o verbo, a verdade..." e tantos outros nomes, mas para decepção daquele senhor simplesmente a resposta de Charles era sempre a mesma: "Não o vi, senhor" ou "Não o conheço". Para Charles, aquele senhor além de muito velho era totalmente maluco, pois para o menino não existiam pessoas com aqueles nomes pelos quais ele perguntava.

Em um belo dia no colégio, Charles com seu amigo Victor a conversarem, se questionavam sobre o que possivelmente existe após a morte e o que aconteceria após a morte. Os dois logo procuraram não deixar isso apenas em pensamentos, ou em uma curta e rasa conversa; decidiram buscar respostas. E por alguns dias, procuravam seriamente por respostas mais completas a respeito desse tema, explorando assim diversos livros. Passaram até a frequentar uma biblioteca da escola depois das suas aulas, ficavam em média uma hora após as aulas dentro da biblioteca, folheando livros a respeito de coisas que estavam além daquilo que eles podiam ver.

Para os dois garotos, os estudos estavam indo superbem, gostavam daquilo que liam, porém, não se contentavam com só aqueles livros, queriam mais e começavam a achar realmente que nem tudo estava nos livros, embora reconhecessem a grande importância dos seus conteúdos. E assim, os dois jovens estavam cada vez mais acostumados a ficar na biblioteca após a aula.

Em uma quarta-feira, seguindo o caminho para casa após o estudo na biblioteca, Charles de longe vê alguém sentado à beira da estrada; ele pensa consigo mesmo: "Estranho, a uma hora dessas quem poderia estar ali à beira da estrada?". Ele segue seu caminho e, chegando próximo, se depara e se admira com aquele mesmo senhor de todas as quartas-feiras ali sentado.

— Até que enfim, meu jovem — disse o senhor quando Charles se aproximou —, já estava pensando que não iria passar hoje; por que a demora hoje?

Charles fica completamente sem entender e retruca:

— Como assim? Estava à minha espera?

— Claro que sim, e esperaria a quem senão você? — devolve o senhor.

Charles fica realmente confuso e não entende nada.

— O que o senhor quer de mim? — pergunta o pequeno demonstrando pouca paciência.

O senhor se levanta do tronco de madeira no qual estava sentado.

— Oh, meu jovem, não sou eu. É ele — diz apontando o dedo para cima.

— Ãh, como assim? Ele? Quem? — Charles pergunta.

O senhor nada respondeu de imediato.

— Meu garoto — diz o senhor rompendo o silêncio —, eu sei que você é um jovem muito esperto, se analisar bem, estive aqui nas últimas sete quartas-feiras, ainda não entendeu?

Apesar de ser um garotinho bem instruído, havia coisas que em primeira instância Charles normalmente não conseguia entender, e isso se encaixava naquilo que aquele humilde senhor tentava lhe passar. O pequeno, por um momento, se dá por estressado e pronuncia:

— Entender o quê? Não tenho nada a entender, você tem me visto nessas últimas quartas-feiras, mas nem seu nome me disse e vem me perguntar se eu não entendi ainda. Entender o quê? Não tem nada aqui para entender, você deve estar se confundindo.

Retruca então o senhor:

— Calma, não precisa se irritar, você pode estar certo. Realmente eu posso me confundir. Mas aquele lá de cima não! Jamais se confundiu!

— Quem? — perguntou Charles, irritado. — Tenho mais o que fazer, o senhor está completamente enganado — disse o pequeno, furioso, antes que o senhor respondesse sua pergunta. Por fim, Charles, nada contente, seguiu o seu caminho.

O senhor ficou parado vendo o garoto enfurecido seguir para casa. Enquanto Charles se afastava, o senhor pensava consigo mesmo: "Sabia que iria ser um tanto difícil, mas o início já foi".

Chegando Charles em casa, sua mãe ao vê-lo lhe diz:

— Oi, querido, demorou um pouco hoje. Aconteceu alguma coisa?

Ainda estressado por conta do bate-papo com o senhor, ele responde em um certo tom de ignorância:

— Nada, mãe, nada.

Sua mãe, no entanto, ainda insiste, pergunta mais uma vez:

— Charles, o que aconteceu? Por que está assim?

— Não é nada, mãe, só estou cansado.

Após isso o jovem segue para seu quarto.

Conforme os dias passavam, já era costume de Charles, a cada quarta-feira, encontrar aquele insistente senhor. Senhor esse que sempre tentava lhe passar algo importante; Charles, porém, sempre procurava aumentar o passo e assim ignorá-lo. Ele tentou até mesmo mudar o percurso de ida para casa, fazendo isso até que conseguiu aquilo que planejava, mas para seu desânimo foi apenas um dia de êxito, ou seja, apenas um dia com a ausência do senhor, e logo de forma misteriosa naquele novo caminho Charles pôde contemplar a distância um certo caminhar que ele julgava conhecer, e não somente isso, avistava também um objeto que tinha semelhança com uma bengala, Charles queria estar errado sobre aquilo que via e que imaginava ser, mas logo percebeu que estava certíssimo sobre seus pensamentos e intuição, vinha ao seu encontro aquele mesmo senhor.

Vendo Charles ele se pôs a dizer:

— Até que enfim, achei que tinha mudado de casa, felizmente mudou apenas o percurso para casa. Não achou que ia se livrar de mim tão fácil, né?

Sussurrando, Charles diz para si mesmo: "Como gostaria de me livrar desse velho".

O senhor, sem entender o murmúrio, pergunta:

— Como?

— Nada, mas por que insiste tanto em mim? Devo algo ao senhor e não sei?

— A mim não, mas há alguém que muito conta e espera de você.

— Quem é esse alguém?

O senhor faz um certo silêncio e tocando o ombro de Charles lhe diz:

— É alguém que está muito mais próximo do que se pode imaginar. — Pondo a mão no peito de Charles continua: — Ele quer habitar aqui.

Charles fica em silêncio, e tirando a mão do peito de Charles o senhor se põe a andar. Olhando o senhor andar, ele fica a refletir como nunca tinha feito antes.

Charles costumava ignorar rapidamente qualquer possível pensamento que surgisse das conversas entre ele e aquele senhor, mas naquele dia algo ficou no seu íntimo e novas curiosidades passaram a surgir. Pensamentos como "quem é esse senhor? Quem ele procura? Por que está há semanas a me perseguir?" rondavam a sua cabeça. Parecia que finalmente o senhor tinha ganhado a atenção do pequeno. Charles agora estava desejando obter respostas. Mas para surpresa dele suas dúvidas deviam esperar. Pois naquele mesmo dia ao chegar em casa Charles foi surpreendido com a notícia de que ele e seus pais teriam que fazer uma mudança radical para um outro país.

Como Joseph, era sócio em uma pequena empresa de vinho, ao se propagar na França a marca da empresa na qual Joseph trabalhava, fizeram um sorteio sobre quais sócios deveriam ir à França para realizar novos investimentos, transações e fundação da própria empresa na cidade na qual o sorteado iria ficar. E nesse sorteio Joseph foi um dos privilegiados.

Sua esposa, em primeira instância, ficou um tanto aflita, mas quando passou a imaginar tudo o que poderia fazer na França, se entregou à grande felicidade, pois poderia viver em um mundo totalmente diferente do que estava acostumada. Seu marido então estava radiante, tinha uma nova oportunidade de se destacar, ser mais reconhecido e além disso se tornar ainda mais próspero. Para o pequeno Charles, a notícia tão feliz de seus pais foi algo que lhe tirou os pés do chão. Nunca tinha se imaginado em outro lugar a não ser o seu pequeno e simples vilarejo. Por sinal, o pequeno Charles não reagiu tão bem como os seus pais imaginavam, tinha medo de deixar tudo que conhecia para trás, principalmente seu grande amigo: Victor.

Charles estava destinado a sofrer esse impacto de deixar tudo o que conhecia e acreditava, para embarcar em uma nova jornada, o tempo era pouco, tinham apenas três semanas para organizar tudo e pegar o voo rumo à França. Charles não queria ir, mas sua mãe com jeitinho acabou o convencendo; entretanto, mesmo tendo sido convencido, notava-se a tristeza em seu olhar por ter que deixar tudo assim e em tão pouco tempo partir. Doía-lhe no coração perder seu amigo, mas então ele e Victor muito aproveitaram, se divertiram muito, viveram como nunca antes.

As semanas iam ficando curtas e logo faltavam menos de cinco dias para a partida da família Tyler. Numa certa tarde de sexta-feira, o jovem Charles refletia: "Então agora estou livre daquele senhor", esse pensamento o alegrava. Para ele, a parte boa de ir para a França era que nunca mais iria ver aquele senhor. Passado o final de semana, chegando a segunda-feira, ali pelas 9h45, lá se vai o jovem Charles e seus pais a uma nova jornada. Deixando para trás um grande amigo e uma inesquecível história.

Um jeito novo de ver o mundo

Chegando à França, obviamente tudo é estranho para o pequeno Charles: novas pessoas, novos costumes, culturas, língua e estilos. Para seus pais, não havia nada que os assustasse e que não pudessem aprender ou superar. Porém, para um jovem de 13 ou 14 anos (a essa altura Charles já estava mais ou menos com essa idade), nada parecia se encaixar e seria preciso se reinventar, ou até mesmo nascer de novo. O medo era constante no coração de Charles tinha medo de tudo aquilo que era novo, de não conseguir se adaptar ao ambiente e de não conseguir novos amigos...

Vendo a alegria nos rostos de seus pais, ele procurava não lhes mostrar sua tristeza. Mas o jovem ia sobrevivendo, certamente uma hora ou outra as coisas poderiam melhorar e seus medos serem transformados em ocasiões de aprendizados.

Apesar de jovem e sozinho, Charles trazia grandes aprendizados em seu coração, seu tempo com Victor e seus estudos juntos lhe tinham feito um jovem novo, sua essência era outra, mas agora sozinho precisava cultivar e alimentar essa essência, que muito frágil se encontrava.

A família Tyler se estabeleceu em Bordeaux, uma bela cidade ao sudoeste da França. Se alojaram em um apartamento. Como havia planejado, Joseph e alguns outros sócios foram em busca de novas parcerias, transações e até mesmo fundação da marca com a qual trabalhavam. Tudo ia aparentemente bem, principalmente para Margarida e Joseph. Isso era bom, o jovem Charles se alegrava por seus pais, mas no seu íntimo se afligia por estar tão longe de casa (seu precioso vilarejo).

Bom, Charles ainda precisava seguir com seus estudos e logo foi matriculado em um colégio, não muito longe do local onde morava, dava até mesmo para ir tranquilamente a pé. Matriculado também em aulas de Francês, o jovem Charles se mantinha um tanto ocupado, e já não mais encontrava tanto tempo para lembrar da sua antiga vida no Brasil. Bom, aquele jovem que nos primeiros meses estava cabisbaixo agora já estava rindo muito, sem que percebesse. Com o tempo, havia desenvolvido um ótimo relacionamento com seus colegas de classe. Com um jovem chamado Pierre, estava desenvolvendo uma verdadeira e saudável amizade, e dessa forma ele muito se regozijava e muito se contentava.

Parecia que agora finalmente as peças estavam se encaixando e não havia mais o que temer. E foi assim durante bons cinco meses. No entanto, para surpresa do jovem Charles, em uma de suas vindas da escola, em seu percurso para casa, avista de longe um senhor, e tem um breve pensamento, "parece-me familiar", pensa o jovem. Em segundos teve algumas lembranças daquele senhor que no Brasil o "perseguia"; por um curto momento, perplexo e assustado, pensa: "É ele! Só pode ser ele!".

Vindo ao encontro de Charles, o senhor nem o estava percebendo. Mas o jovem, assustado com seus pensamentos acerca do senhor, procura maneiras de não ser visto, traça um novo trajeto, tenta de algumas formas não ser visto. Passados alguns minutos, o jovem respira aliviado vendo que obteve sucesso em seu rápido plano. Após isso, continua tranquilamente seu caminho. Chegando em casa, faz aquilo que é de costume: estudar, dormir, se encontrar com seu amigo Pierre e jogar conversa fora.

O jovem Charles seguia normalmente sua vida sem muitas novidades. Não costumava falar muito sobre si, mas em Pierre via alguém que estava ali para tudo e em quem podia confiar; na escola havia uma moça que estudava na mesma sala que Charles, e este tinha um olhar carinhoso por ela, porém, nunca havia lhe dirigido palavra alguma. A jovem chamava-se Maia, era uma moça muito gentil, muito bem-educada, bastante inteligente e dedicada. Sua família tinha bons costumes e era humilde, tinha por irmã mais nova Emma e tinha outras duas mais velhas do que ela própria.

Bom, o jovem Charles sabia pouco sobre a jovem Maia, mas o pouco que sabia muito o atraía. No entanto, sua timidez o impedia de se aproximar e arriscar ao menos um "oi". Um dia, no pátio da escola, Maia acompanhada de algumas colegas passam ao lado de Charles e Pierre; ao vê-la, Charles fixa o olhar no seu jeito meigo e atraente enquanto a moça passa. Para Pierre era evidente que, mesmo Charles lhe falando tão pouco sobre seus sentimentos, esse olhar tão generoso e dedicado à jovem Maia dizia por si mesmo mais que qualquer conto bem narrado sobre sentimentos.

Bastaram simples segundos e Pierre já havia decifrado todo o sentimento de Charles por Maia. Após o ocorrido, os dois seguem para se sentar no banco do pátio. De forma rápida e nada discreta, Pierre fitando seus olhos em Charles lhe pergunta:

— Então, quando vai falar com ela?

Distraído e olhando para os lados, Charles se assusta com aquilo que ouve.

— Ela? A quem se refere? — retruca Charles.

Pierre já esperava algo desse tipo, mas insiste, fazendo cara de deboche:

— Com a Maia. Ou tem outra em jogo? — pergunta Pierre, experimentando o amigo. Caindo no truque, Charles um pouco tenso responde de forma rápida:

— Não, não tem outra.

Pierre se põe a rir. Charles fica desconfortável.

— Eu sabia! — disse Pierre. — Depois daquele seu olhar pra ela, não precisava dizer mais nada. Por que não conversa com ela?

Charles não era tão bom em expressar seus sentimentos.

— Eu não sei, nunca fiz algo assim, desse tipo, não é só falar — disse Charles.

Pierre discorda e tenta encorajar o amigo.

— Claro que é. Se você nunca se aproximar e falar com ela, nunca vai saber se poderia dar certo ou não. Chama ela pra um passeio, procura desenvolver uma boa amizade. Quem sabe, né?

Charles fica pensando por um curto período e por fim concorda.

— Isso é verdade — diz ele se levantando e pondo-se a ir para a sala de aula. Pierre o acompanha.

Após as aulas, ambos seguem para casa como de costume. Em seu percurso, Charles encontra um jovenzinho simples, aparentemente morador de rua. De forma educada, ele cumprimenta Charles, e de forma audaz passa a caminhar ao seu lado. Segue-o conversando, porém, conversa praticamente sozinho, pois Charles em seus pensamentos decide não lhe dar atenção. E assim o faz, no entanto, isso não incomoda o pequeno jovem, que inclusive nada lhe pede, se esse era o receio de Charles, que ficou pasmo por não vir da parte do falante garotinho de rua um só pedido.

O falante jovem caminha um pouco mais de 260 metros ao lado de Charles, mas este depois de alguns minutos percebe um silêncio, a voz do pequeno jovem já não ouvia mais. Charles olha para os lados e para trás visando ver o garotinho que segundos antes o acompanhava, porém, por mais que olhasse com grande atenção para os lados, não o via. Logo se perguntou como era possível um garoto sumir assim tão depressa, aquilo sem dúvidas era estranho; depois, conformado, porém, sem entender nada do que ali se passou, segue para casa, confuso e duvidoso.

Charles já não conversava tanto com seus pais como antes, era um jovem mais resguardado, não falava muito sobre si, mas seus pais sempre buscavam saber como ele estava, como estavam indo as aulas e outras coisas mais. Passado aquele dia, lá estavam novamente os dois bons amigos: Charles e Pierre naquela extensão escolar, o jovem Charles estava lá fielmente mantendo seus olhos na bela moça Maia. De forma inesperada, no breve horário de lanche da escola, Charles se levanta e vai em direção à sua rainha dos pensamentos (Maia). Pierre sorrindo diz em seus pensamentos: "Isso". Entretanto, Pierre desanima quando vê que seu amigo fez nada mais, nada menos que apenas passar ao lado de Maia e continuar reto rumo ao banheiro.

Logo que volta do banheiro, Pierre lhe diz:

— Achava que ia falar com a Maia.

— Não, apenas no banheiro mesmo.

— Ainda não encontrou coragem para falar com ela, né?

— Não é sobre ter coragem, é que não penso em fazer isso que você imagina.

— Mas você não gosta dela?

— Sim!

— E então? Por que não arrisca?

— Ela é uma garota admirável, eu tenho um carinho especial por ela, mas não posso arriscar.

— Charles, você está falando realmente sério?

— Sim, estou.

— Mas por que está pensando dessa forma?

— Eu ainda não sei, mas sinto que algo dentro de mim me pede que não faça qualquer coisa como essa. Por mais legal que a Maia seja, eu não direi nada a ela a respeito desse meu carinho.

— Espero que não se arrependa de sua decisão.

— É, eu também espero.

Maia sem saber se torna um momento do passado

Após esse bate-papo, os dois seguiram para a sala. Charles estava se tornando ainda mais maduro, tinha algumas curiosidades pessoais e estava se decidindo a trilhar um caminho solitário sem compartilhar muito de si com os outros. Estava tomando uma decisão que poderia mudar ainda mais o seu comportamento em relação aos outros à sua volta.

Passadas as aulas, ambos seguem para casa. Ao caminhar despercebidamente, Charles leva um susto quando do nada percebe de forma silenciosa aquele garotinho do outro dia ao seu lado. Logo ele questiona o garotinho:

— Você de novo? Como me alcançou? No outro dia você sumiu de repente.

— É difícil de acompanhar seu passo. No outro dia não tive o mínimo de atenção, então fui.

— Foi pra onde?

— Isso já é outro assunto.

— Muito misterioso para sua idade, não acha?

— Desde quando precisa ter alguma idade avançada para saber o que falar?

Charles se dá conta de que, para um garoto de pouca idade, aquele menino não tem nada de bobo. Os dois seguiam silenciosos, porém, chegam ao ponto em que o menino começa a falar:

— Sabe, eu gosto de pensar que o agora é o seu bem mais precioso. Às vezes, as pessoas reclamam muito da vida, mas nem sempre fazem algo a respeito para que a vida seja melhor. E, sabe, as pessoas podem dar sentido às suas vidas, mas também podem simplesmente seguir como uma palha que é levada pelo vento.

Se aquele garoto queria ganhar a atenção de Charles, ele estava usando as ferramentas certas, pois Charles tinha uma queda por reflexões e conhecimento.

Charles fica impressionado com aquilo que ouve, afinal não é todo dia que se depara com uma reflexão como aquela, e ainda mais de um pequeno menino. Charles é um garoto que se atrai muito por reflexões e aquela lhe mexe por dentro.

— Caramba. Impressionante. Onde adquiriu pensamento? — exclama Charles admirado.

— Mais perto do que se possa imaginar — retruca o menino.

— Não vai me dizer que você estudou na escola ali próxima ao Ginásio? Mas lá é particular, não é?

O garotinho dá risada ao ouvir aquilo.

— Veja minhas roupas — diz o menino —, mal tenho dinheiro pra comer três refeições durante o dia, quanto mais estudar, e além do mais em escola particular.

— Então, com quem aprendeu?

— Com a vida, Charles, com a vida!

Ambos ficam calados, em seus pensamentos o jovem Charles pensa consigo: "Deve ser tão difícil a vida dele e mesmo assim ele é assim tão positivo, é um garoto forte". Após pensar isso, Charles também cai em si e pensa: "Como ele sabe meu nome? Eu não disse a ele". Pensou consigo, mas não disse nada ao jovem. Em seguida Charles diz:

— Preciso me apressar, tenho alguns afazeres.

— Tudo bem, vá em paz, se por acaso quiser me encontrar algum dia por aí, estarei lá na Praça da Matriz.

— Certo, até mais — diz Charles.

Após se despedirem, Charles segue seu percurso. Chegando em casa, sua mãe estava um pouco preocupada, pergunta por que a demora e ele explica que teve um contratempo, sua mãe conversa um pouco com ele, pergunta como ele está e como vão os estudos, Charles responde com poucas palavras e em seguida ruma para seu quarto.

Naquela mesma tarde, estando um pouco entediado, Charles resolve sair para caminhar e apreciar um pouco da natureza, diz à sua mãe que vai dar uma breve saída e assim faz, segue em direção a um parque do outro lado da cidade, um parque com inúmeras distrações, entretenimentos e grande extensão. Era também um ambiente com certa atração turística. Apesar de ser do outro lado da cidade, depois de longos minutos Charles já estava adentrando o parque. O parque era perfeito para amantes da natureza, repleto de árvores e também muito tranquilo, assim se tornava maravilhoso para quem quisesse pensar e fazer reflexões dentro daquele ambiente.

Em meio àquele ar puro acompanhado de um ambiente extremamente tranquilo e sereno, encontrava-se um jovem pensador a passear pelo palco relaxante da natureza. Fazia tão bem a Charles aquele ambiente, era tão gostoso para ele; e apesar de ser um jovem sozinho, dentro de si se sentia cheio de vida, e isso era muito bom. Em um momento, aproxima-se do riozinho que escorre pela pequena e agradável selva ao seu redor, fixa seus olhos na água clara, que sutilmente desce rio abaixo sobre as pedras, respira e inspira, parecia-lhe que há anos precisava de suaves doses disso: ar puro e suavidade.

Com os olhos fechados, o jovem pôde escutar uma grossa voz ao seu lado lhe dizer:

— É como se todo o mal que estivesse impregnado em nós, em um suave pulo, saísse de nós e escorresse rio abaixo.

Ainda com olhos fechados e sorrindo, Charles devolve:

— Sim. Tem toda razão.

Abrindo os olhos, vê ao seu lado um sorridente senhor.

— Achei que fosse um conhecido meu — diz o senhor rindo.

— Não faz mal, estava aqui pensando um pouco e aproveitando esse ambiente gostoso, às vezes precisamos de um pouco disso.

— Com certeza, filho. Aproveite — disse rindo.

Por ali o senhor não demorou muito, depois de poucos minutos se despediu do jovem e se pôs a caminhar, enquanto Charles continuou ali em saudável união com seus pensamentos.

Charles permaneceu no parque mais ou menos até as 17h20, aquela tarde estava lhe fazendo um enorme bem, no entanto parecia também ser mais curta que o normal, e assim logo percebeu que já era a hora de retornar para casa. Retornou feliz e bem consigo mesmo. Já em casa fez coisas rotineiras que eram de seu costume durante a noite, e como num estalar de dedos, chegou o novo dia. No novo dia, estando prontamente arrumado e com a mochila nas costas, ao se despedir de sua mãe, segue em direção à porta, mas de forma inesperada ele sente um mal-estar e em breves segundos desmaia. Ao som de Charles caindo ao chão, sua mãe se assusta; virando-se e vendo seu filho ao chão, ela se desespera e corre para socorrê-lo. O jovem permanece imóvel e apagado, sua mãe amedrontada rapidamente chama a emergência.

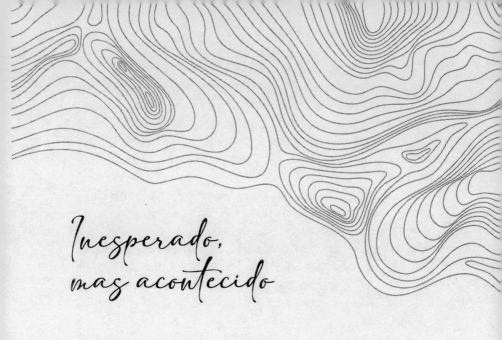

Inesperado, mas acontecido

Ao chegar no hospital, Charles rapidamente é atendido, Joseph e sua esposa aguardam ansiosos por notícias do filho. Para Joseph era estranho seu filho ter desmaiado assim do nada, para Margarida ainda mais estranho que isso era o fato de que já eram quase 18h e nada ainda de seu filho acordar.

Logo veio o outro dia, e infelizmente Charles ainda estava a dormir, era angustiante para aqueles pais, do nada, passar por um momento assim. Horas se passavam e não demorou muito o dia já se encontrava no fim, dando lugar ao novo dia. Joseph e Margarida esperavam ansiosamente que Charles finalmente, após aqueles dois dias de profundo sono, acordasse e logo pudesse retornar ao seu agradável lar. Almejavam rápidas e positivas notícias daquele ocorrido, mas para malefício o atendimento médico não era dos melhores, demoravam muito para praticamente dar a mesma notícia, ou seja, que Charles não tinha acordado ainda. Diziam que ele estava bem, que estava apenas em um profundo e estranho sono. Era estranha aquela situação, mas Joseph e Margarida não tinham outra opção senão esperar e confiar nos médicos. Logo felizmente os pais foram liberados para ficarem dentro do quarto em que estava Charles, pelo menos isso, ali acompanhavam de perto, e torciam para que o garoto acordasse o quanto antes.

Um mistério soava no ar... mais uma noite chegava e nada de diferente acontecia. Os dias passavam e a única coisa que lhes restava era de fato a esperança, pois até simples respostas eram escassas e absolutamente difíceis de adquirir. No entanto, algo dentro daquele abreviado quarto acontecia, que ninguém podia imaginar ou participar. Acontecia que o pequeno Charles se encontrava em um profundo e importante sonho, sonho em que ele estava acordado em uma cama de hospital, sentia seus pais angustiados, notava que estranhamente seus pais agiam e falavam como se ele estivesse desacordado. Aquele certamente era um sonho confuso, Charles acreditava estar acordado, porém era apenas no seu sonho que isso ocorria, quando na verdade estava há dois dias totalmente apagado. Mal sabia que estava em um profundo sono diante de seus pais.

Horas vinham e se iam, até então nada havia acontecido que pudesse alegrar Margarida e Joseph, não demorou muito e seu precioso filho já se encontrava desacordado por quatro dias, enquanto Charles em seu sonho julgava estar há três dias acordado. Em seu sonho, Charles ficou admirado por no terceiro dia um simpático senhor vir gentilmente visitá-lo, notou que era um homem bom com palavras e muito bem-educado, e que apenas ele o via e vice-versa. Esse senhor não se apresentou, mas ainda assim gentilmente ganhou Charles em conversas, falava sobre assuntos valiosos, e ali Charles se entretinha.

A conversa era boa e nela o senhor ganhava Charles por inteiro. Passavam horas e horas falando de variados assuntos, tais como: **vida**, **sentido**, **porquês**, **jogos**, **mundo** e **pessoas**. Naquelas conversas, até coisas banais Charles percebeu que contêm uma certa ou até mesmo grande importância. Percebeu que nas conversas aquele sábio senhor sempre lhe mostrava o quanto simples detalhes eram importantes e em incontáveis casos tinham uma extraordinária excelência.

A conversa foi longa, mas não cansativa, fizeram isso por cerca de três dias. E lá se ia questão de seis dias com o jovem Charles desacordado (pelo menos para Margarida e Joseph). Um dia, em uma das suas valiosas conversas, Charles pergunta ao velho senhor:

— Por que eles não nos veem? Estamos mortos?

— Não, Charles, mortos não. O que você vive aqui, muitos almejam, mas eles não têm esse privilégio... ainda não.

— Mas por que estou aqui?

— Sabe, Charles, estou muito acostumado a receber esse tipo de pergunta: "por que isso, por que aquilo" e eu compreendo, quem não gosta de respostas, né?, ainda mais aquelas que tanto almejamos, mas, se você bem analisar, muitas dessas perguntas "por que isso ou aquilo" quem se pergunta pode mesmo se dar a resposta.

Charles ficou olhando para ele como confuso e disse:

— Como assim? Mas a gente pergunta...

Interrompendo Charles o sábio senhor se pôs a falar:

— Deixe-me explicar. Muitos procuram uma resposta lá fora, quando na verdade está aqui dentro — falou colocando a mão no próprio peito e continuou: — Muitas respostas se escondem de forma simples no seu dia a dia, muitas dúvidas irão te seguir, e nem sempre a resposta vai estar onde você pensa, mas estará onde você ainda nem sequer se atreveu a pensar. Por isso, meu caro Charles, diga-me: por que você está aqui?

Charles como que para si mesmo responde: "Eu não sei, ainda não sei". Tudo aquilo que ouviu do sábio senhor tinha um sentido inestimável para Charles, e agora sua mente pensava em diversas coisas, em particular na vida, e nas pessoas, como nunca pensara antes.

— És um jovem esperto, Charles, tens muito a aprender — disse o senhor sorrindo, em seguida saiu caminhando em sentido oposto de Charles; enquanto andava uma luz branca começou a brilhar fortemente na direção em que ia o senhor. A luz foi ficando forte, tão forte que Charles foi obrigado a colocar sua mão nos olhos, porém, antes que perdesse totalmente de vista o sábio senhor, Charles gritou:

— Onde vai?

— Aquilo que tinha pra fazer aqui, está feito, Charles, agora estou retornando — disse o senhor soltando uma gargalhada.

Com alta voz Charles questiona:

— Retornando?

Mas nada lhe foi respondido, a luz brilhava ainda mais forte e clara, o senhor por fim adentrou a luz, houve uma luminosa explosão e o jovem Charles então acordou do seu longo sono. Sua mãe, que ali no quarto estava, ao ver seu filho acordar, manifestou muita alegria, se pôs ao seu lado, o abraçou, beijou-o, mas tentou de todas as formas não apertá-lo. Com algumas lágrimas escorrendo, ela disse emocionada:

— Sentimos tanto sua falta, meu filho.

Charles acordou assustado e suas primeiras palavras foram:

— Cadê ele? Para onde ele foi?

— Ele quem, querido?

Charles nada respondeu, fechou os olhos, em sua mente pensava profundamente sobre o que tinha ocorrido no sonho. Sua mãe chamou o médico, ele examinou Charles e não encontrou praticamente nenhum dano em sua saúde, apenas sua pressão estava um pouco baixa. Um pouco mais tarde, estando ainda deitado, na companhia de sua mãe, Charles lhe pergunta:

— Mãe, quanto tempo estive dormindo?

— Bem, querido, no dia 14, em uma quarta-feira, já de saída para a escola, você desmaiou e veio pra cá, desde então, você estava assim dormindo...

Interrompendo sua mãe, ele lhe diz novamente com a voz mais rígida:

— Mãe? Quantos dias?

— Seis dias, querido, hoje já é dia 20.

Os dois ficaram em silêncio por um tempo. Charles suspirou profundo, parecia não contar com todos esses dias, se lembrava perfeitamente daquilo que tinha vivido enquanto estava dormindo. Em seus pensamentos, agora reinava a pergunta tão confusa e inquieta: "o que fui fazer lá?".

Charles estava se recuperando bem; após um dia de observação, ele e seus pais retornaram para casa; o médico pediu algumas restrições: poucos esforços e mínimo estresse possível.

Charles era um rapaz muito amado e querido pelos seus pais, e amava-os muito também, no entanto Charles nunca havia lhes falado sobre essas pessoas diferentes com as quais tinha conversado, mesmo que em sonho, e também na vida real. Não cogitava a mínima ideia de lhes contar, porém, agora estava dando ainda mais importância para esses fatos, estava ficando cada vez mais intrigado com essas pessoas e ocasiões que lhe aconteciam. Assuntos como esses não lhe soava bem contar ao seu amigo Pierre. E assim resolveu guardar tais coisas para si mesmo, procurou estudar sobre tais fatos, visando compreender melhor sobre aquelas pessoas e ocasiões.

Por sorte, o jovem sentia prazer em estudar, folheava diferentes livros, tinha apetite secreto por conhecimento filosófico, quase que insaciável, amava estudar, ainda mais quando se tratava de possíveis respostas para desvendar seus tão confusos mistérios. E assim ia. A alegria do seu amigo Pierre foi imensa ao vê-lo, depois de dias, ausente da escola. E é claro, Pierre, como bom amigo, havia ido três vezes ao hospital ver Charles. Naturalmente Pierre estava preocupado com seu companheiro, como esperado perguntou-lhe muitas coisas, e Charles com suave paciência lhe deu todas as respostas, ou aquelas que estavam ao seu alcance. A amizade entre os dois ia muito bem, eram quase que inseparáveis, assuntos não lhes faltavam e sorrisos muito pouco lhes custavam. Eram dois jovens cheios de vida que já não se imaginavam longe um do outro.

Após um prazeroso ano de amizade entre os dois jovens, também seus pais agora estavam indo à casa uns dos outros, e assim, não demorou muito, aquelas duas famílias estavam bem conectadas. Como eram saudáveis, alegres e maravilhosas as tardes de domingo em que se encontravam na casa de Pierre, Charles e ele muito se divertiam e aproveitavam. Apesar de resistir em tirar a jovem Maia do coração, em seus pensamentos ainda vagavam sinceros sentimentos por sua doce colega de sala, estava percebendo que seria mais difícil do que esperava, mas continuava firme em sua particular decisão, não dava trégua aos seus pensamentos e sentimentos, e assim Charles seguia sua jornada.

Idade e novas responsabilidades

Aproximando-se o mês de novembro, os pais de Charles estavam ansiosos, pois há meses se planejavam para festejar a idade nova do filho, e assim que chegasse 13 de novembro isso se realizaria. O jovem, porém, não estava tão ansioso. Não pela festa, mas estava contente em completar mais um ano de vida; diferente de muitos outros garotos, não almejava receber os presentes do ano, para ele estar bem era o melhor presente que poderia obter.

Em sua costumeira rotina na escola, Charles se dá conta de que uma jovem moça há dias o observava, no entanto, ele permanece neutro sobre tal observação; por mais que uma jovem bonita o olhasse frequentemente e aparentemente mostrasse interesse em uma aproximação, aquilo parecia não afetar qualquer desejo da parte de Charles. Passados alguns dias, a moça foi pouco a pouco interagindo com Charles e Pierre, educadamente foi se aproximando dos jovens e conquistando um espaço entre os dois.

Em pouco tempo, aqueles três estavam vivendo uma amizade, que parecia ter sido construída há anos. A linda menina chamava-se Emily, era uma moça reservada, gostava de falar sobre variados assuntos e tinha boa educação. A nova amizade era saudável e boa e isso era agradável aos três.

O que Charles não contava era que Emily não alimentava apenas uma simples e boa amizade a seu respeito, ela tinha por ele um sentimento ainda mais especial, ela gostava de Charles, e não apenas como mero amigo.

Com o passar do tempo, Emily manifestava em pequenos detalhes sua afeição por Charles. Ele, por sua vez, percebia o sentimento da parte da colega, porém, não correspondia ao que Emily esperava, e agia normalmente. Além de ser uma jovem muito bem-educada e bastante bela, Emily era dotada de muito conhecimento e ainda tinha alguns outros amigos tão inteligentes quanto ela. Não demorou muito, Pierre e Charles os conheceram. Até o momento, tinham uma boa amizade com Emily, porém, não tanto com os outros amigos da garota. Geralmente falavam uns com os outros, mas assuntos rasos e com pouca relevância. Entretanto isso estava prestes a mudar.

Cinco dias antes do dia 13, Charles já estava convidando os amigos para sua festa de aniversário, convidou muitos colegas da escola e até mesmo alguns professores. Quando foi convidar Marcel, Louis e Isabelle (nome dos amigos de Emily), estes ficaram felizes pelo convite e consideração da parte de Charles.

Faltando somente dois dias para a festa, Charles e Pierre estavam juntos no pátio da escola conversando sobre fenômenos naturais; enquanto conversavam, chegaram Emily e os outros três amigos; ao chegarem ficaram ouvindo a conversa entre os dois; na verdade em pouco tempo todos os outros já até mesmo participavam da conversa.

— Dizem que por trás desses fenômenos está um Deus, ou esconde-se lá — disse Marcel. Louis e Isabelle mostraram-se duvidosos.

— Muitos afirmam isso — comentou Louis, inseguro.

— Dizem? — perguntou Charles.

— Sim, mas sabemos que isso é apenas história — replicou Marcel.

— Não. Apenas história, não — retrucou Charles.

— Não vai me dizer que você é um desses que acredita nessas coisas? É um cristão? — perguntou Marcel

— Acredito, sim. Acredito que há um criador por trás de tudo isso que existe. Mas não sou uma pessoa que se possa chamar de cristão, pois não vivo aquilo que os cristãos vivem, no entanto tenho minhas simples conclusões e curiosidades. Sinceramente, não nego, acredito, sim, que tem um Deus à nossa volta e que cuida de tudo. Aliás, se você bem analisar, sem um Deus as coisas perdem um pouco o sentido.

— Não diga besteiras, Charles — diz Marcel —, não acredito que estou ouvindo isso de você. Tudo se encaixa adequadamente, não precisamos de um Deus para as coisas terem sentido, tudo se encontra em seu perfeito lugar, para qual finalidade haveria um Deus? As coisas estão perfeitamente bem assim sem ele.

— Vejamos — diz Charles calmamente —, se Deus não existe, então como você existe?

Marcel dá uma gargalhada e exclama:

— Que pergunta mais tola.

— Ora, se é tão tola assim, responde-a.

— Óbvio — disse Marcel se recompondo —, fui gerado por meio de uma relação sexual entre meus pais, como qualquer outro ser humano. Há algo anormal nisso e eu não me dei conta? Me parece que está tudo dentro do natural, não vi nenhum Deus intervindo nisso — finalizou rindo. Marcel esperava de alguma forma intimidar Charles com sua forma de falar e com sua lógica, mas Charles era esperto o bastante para participar do joguinho do colega.

De forma esperta, Charles reage:

— Do seu ponto de vista realmente é assim. Mas e antes? Antes de você sair da barriga de sua mãe, como você explica o fato de ali naquela barriga estar um bebê com vida, e não apenas um mero corpo de bebê? Pense comigo: existe um fato sobrenatural na gestão de um bebê.

— E qual seria, gênio?

— Uma coisa que você certamente não consegue explicar — disse Charles. — Se Deus não existe, como pode existir vida em um corpo humano? Pense um pouco: uma mulher poderia gerar apenas um pequenino corpo dentro de si, e na verdade é exatamente isso que ocorre, mas há algo ou alguém que lhe dá uma coisa que vai além disso: um espírito, a capacidade de pensar, de agir, de sentir, de viver. Um corpo por si mesmo não vive, um corpo pode estar em perfeito estado, por dentro e por fora, mas apenas isso não é o suficiente. O seu cérebro, por exemplo, não obedece necessariamente ao seu corpo, mas, sim, a algo que está mais secreto dentro de você. Pra ser mais direto, pergunto: por que após a morte o corpo humano para de crescer? Fecham-se os olhos e não se abrem mais, nem por conta própria, a fome deixa de existir, o corpo de forma alguma se levanta por si só, percebemos que algo sai dele e com isso leva o que tem de mais precioso, e de fato leva: a vida. O que sairia se não fosse o espírito? E Deus não é espírito? E o mais intrigante: de onde então vem esse espírito que você e eu com certeza temos?

Depois de ouvir essas palavras, Marcel não encontrou uma lógica que negasse tais fatos. Por um tempo, ficaram em silêncio, então a sirene da escola foi tocada e ambos foram para suas salas. Passadas as aulas, ambos seguiram para casa, e assim não se encontraram mais naquele dia para dar seguimento à conversa.

Ora, Charles não era um jovem cristão, ao menos não declarado e não praticante, no entanto, suas palavras eram de alguém que parecia ter contato com aquele que ele defendia: Deus. Suas palavras pareciam ter desconfortado o jovem Marcel. Marcel ficou com algumas dúvidas, mas também conseguiu ver grandes verdades naquela reflexão feita por Charles.

Faltava um dia para o aniversário de Charles, até então tudo ia bem, contudo Charles e Marcel não mais tinham se aproximado para novamente conversarem ou debaterem sobre a existência de um possível Deus. Aquele dia logo estava se indo e o aniversário de Charles estava cada vez mais próximo. Charles passou a achar que Marcel, Louis e Isabelle talvez não fossem mais à sua festa por conta da conversa que tiveram antes. Logo chegou o grande dia esperado por Margarida e Joseph, tudo estava bonito e muito bem-organizado, muitos amigos tanto de Charles como de seus pais se fizeram presentes, para alegria de Charles lá estavam também Marcel e seus dois amigos, e consequentemente amando a festa. Naquela noite muitas conversas e risos rolaram, todos se divertiram e saíram satisfeitos, a festa dos sonhos realmente tinha sido realizada e isso muito alegrava os donos e os próprios convidados. Mas, como tudo que é bom às vezes dura pouco, a festa foi rápida como um sopro, e logo o que restava eram apenas lembranças. Aquela noite foi inesquecível, principalmente para o aniversariante, mas logo estavam todos de volta às suas rotinas: escola, trabalho e outros mais.

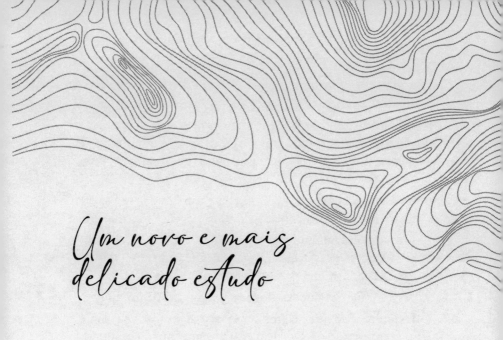

Um novo e mais delicado estudo

Tudo ia bem no dia a dia dos jovens estudantes. Marcel, por sua vez, não havia esquecido o aparentemente passageiro assunto sobre "um Deus escondido em fenômenos naturais". Estando Charles, Pierre e Emily em um banco do pátio conversando em mais um intervalo entre as aulas, como já era de costume, logo mais se achegaram os três jovens: Marcel, Louis e Isabelle, e aquele assunto que parecia já esquecido seria muito bem lembrado por Marcel, que não tardou em dizer:

— Você usou bons argumentos na nossa última conversa, Charles. De onde tirou tudo aquilo?

Essa pergunta refrescou um pouco a mente de Charles, que após pensar um pouco devolveu:

— Bom, só olhar um pouco para as coisas que giram em torno da gente, usei aqueles exemplos, mas com certeza há muitos outros que nos rodeiam e tão pouco os observamos e assim eles escorrem de forma despercebida pelos nossos olhos.

Para um simples garoto, Charles estava parecendo um filósofo, tanto em sua maneira de falar como nas verdades que estavam em suas palavras.

Fitando seus olhos em Marcel, Charles de forma profunda ainda continuou:

— Eu sei que muitos dizem com todas as suas forças que não existe um Deus e, apesar de não concordar com elas, eu não as julgo, mas será que essas mesmas pessoas já ao menos pensaram no perigo e na solidão que é não existir um Deus?

Marcel sorriu e em seus pensamentos dizia: "Não acredito que de novo estou ouvindo essa bobagem".

— Mas não tem nenhum perigo, Charles, e muito menos solidão — reagiu Marcel. — Isso aí já chega a ser uma balela, eu que me pergunto: você já pensou no perigo dessas baboseiras que diz?

Antes que Charles pudesse dizer algo, Marcel continuou:

— Desculpa, não quis te ofender, quero te propor o seguinte: que tal um certo estudo para provar a existência ou não existência desse Deus que você tanto defende?

Nesse momento os colegas ao redor de ambos ficaram admirados; pelo olhar de Marcel, era possível notar o quanto ele queria provar que Charles estava errado. Todos esperavam ansiosamente pela resposta de Charles, principalmente Marcel, no entanto, Charles nada disse de imediato, e nesse meio-tempo sem nada falar a sirene tocou, então não disseram ou fizeram nada mais que apenas seguirem para as salas. A caminho para a sala, Pierre ia esperando por qualquer coisa que Charles quisesse falar, mas para seu desânimo Charles calado estava e calado ficou.

Não se aguentando de curiosidade sobre se Charles iria ou não aceitar o convite de Marcel, Pierre questiona:

— Charles? Mas e aí: você vai ou não aceitar o que Marcel propôs?

— Eu não sei, Pierre, ainda não sei — disse enquanto entravam na sala, após isso não tocaram mais no assunto.

Após as aulas, no portão de saída da escola, Charles se deparou com Marcel e seus dois amigos, estes estavam à espera de Charles.

— Então, Charles, o que me diz? Topa o meu desafio? — perguntou Marcel. Charles ainda se encontrava em meio às dúvidas sobre participar ou não, mas de forma corajosa respondeu:

— Aceito. Eu aceito! — disse olhando nos olhos de Marcel.

— Ótimo! Sugiro que leia bastante, Charles. Se não tiver o costume, será um pouco mais difícil pra você.

— Irei, sim. Como sugere que sejam feitas as apresentações de ambos os argumentos?

— Será como um debate, uma troca de ideias e argumentos, é vital mantermos o respeito um pelo outro. Busque fatos e argumentos válidos. Eu farei o mesmo. E aqui debateremos sobre tais fatos.

— Excelente. Nos vemos amanhã — concluiu Charles e ambos seguiram para suas casas.

O debate

    Em casa Charles sabia que tinha tomado a decisão de estudar mais do que quando se estuda para um trabalho da escola, mal sabia por onde começar, mas estava decidido a levar aquele estudo adiante e provar, sim, que aquilo que ele defendia era real, e não somente isso, queria convencer a si mesmo que se esse Deus realmente estava presente no natural ele o queria conhecer e de alguma forma ser seu amigo. Na tarde daquele dia, ele aproveitou e foi a uma biblioteca não muito distante de sua casa, e ainda à noite estudou um pouco mais, buscou algumas fontes que comprovassem a existência de Deus, buscava em documentos e livros distintos da Bíblia, de forma alguma deu uma mínima olhada em conteúdo bíblico, até mesmo porque ele não tinha nenhuma Bíblia. Felizmente na sua casa havia uma pequena estante com livros, e por coincidência havia livros ali que tratavam sobre alguns desses pontos que Charles buscava. Ele não estava preocupado em ter necessariamente os melhores argumentos, mas sim em como passar suas ideias e convencer seu colega por meio de seus argumentos. Teve um bom êxito em sua pesquisa, pois encontrou inúmeras evidências sobre a existência do que ele defendia. Estudou mais ou menos até as 21h e em seguida dirigiu-se para seu leito.

1º dia

Na manhã seguinte na escola, seus colegas, principalmente Marcel estava um tanto empolgado, e assim que puderam se reuniram em um breve intervalo de aulas, o jovem Marcel deu início aos seus argumentos, seguiu ele:

— Bom, Charles, para mim não há a possibilidade de existir tal coisa que se possa chamar de Deus. E vou prová-lo. Eu me pergunto, se existe realmente um Deus, onde ele está? Por que ele não se mostra? Como crer em algo que você apenas ouve por longe, mas que tão pouco ou até mesmo nunca se manifesta? — Terminado seu argumento, esperou da parte de Charles qualquer coisa que servisse como resposta. Após resumido tempo, Charles se pôs a falar:

— Bom, se há um Deus, tudo se originou a partir dele. Para alguém criar tudo, inclusive pessoas, animais, planetas e o próprio universo, essa pessoa não se encaixa no natural, naquilo que podemos ver e tocar, suas dúvidas, caro Marcel, são por algo que precisa de uma resposta mais completa, confesso que não tenho uma resposta para tal no momento. — Após dizer isso, olhou profundamente nos olhos de Marcel e continuou:

— Sabemos que, quando as pessoas se referem a Deus, elas falam de algo totalmente grande, um alguém soberano e que está acima de tudo e todos. Será que um ser de carne como você e eu conseguiria ver a face de um Deus como esse que as pessoas professam existir? Apreciar a face do Deus que certamente nos criou e criou a tudo que tem à nossa volta? Todos sabemos que existe o bem e o mal, correto?

— Sim — disse Marcel. — Existem pessoas que fazem boas ações e pessoas que não. Isso é algo comum.

— Certamente. Pode ser algo comum, mas antes de se tornar comum, de onde veio essa inspiração? Ou essa separação sobre o que é bom e o que é ruim? E onde se originaram essas duas realidades que são tidas como bom e ruim? — Para abalo de Marcel, não era apenas ele que tinha bons questionamentos. Logo após essa última pergunta de Charles, a sirene veio a tocar, e assim aqueles argumentos daquele dia foram encerrados. Era o primeiro dia de debate entre os dois estudiosos jovens, e essas simples questões aparentemente eram apenas o começo de uma grande propagação daquilo que estava muito além de suas pequenas compreensões.

2º dia

Ambos seguiam determinadamente estudando. Chegando o segundo dia, Charles fez uma bem-intencionada sugestão, disse ele:

— Que tal se continuássemos hoje o assunto sobre a realidade do bem e do mal?

— Claro, você primeiro — consentiu Marcel. Charles então deu início:

— Sabe, um adulto dizer a uma criança "não pode jogar lixo no chão", isso é algo a que naturalmente damos o nome de "certo, correto, bom". Concorda?

— Obviamente — respondeu Marcel.

— Mas como chegar à raiz desse "certo, correto e bom"? De onde tiramos isso? Bom, sabemos que isso consequentemente passou de pessoa para pessoa, que é algo naturalíssimo que se passa de pai para filho, de adulto para crianças, de geração para geração, mas se formos bem na raiz, quem foi a primeira pessoa que aprendeu o que é certo e errado? Quem a ensinou, de onde ela tirou isso? Ora, se bem olharmos, isso é consequência de algo ou até mesmo de alguém. Mas a primeira e mais importante questão aqui é onde ou quem ensinou, ou meramente mostrou esse discernimento daquilo que é certo ou errado.

Marcel ficou pensativo ao som dessas palavras, porém não se calou.

— Saber o que é certo é simples — rebateu Marcel. — Saber o que é errado, da mesma forma. O errado muitas vezes ele fere as pessoas ou também pode causar um certo prazer, assim como também o certo pode proporcionar prazer ou dor para quem o pratica. Consequentemente, com o passar dos anos, aqueles que se dedicaram ao estudo logo encontraram tais discernimentos, claro que não foi de imediato, podem ter sido anos, mas de alguma forma chegaram a esse conhecimento, e a resposta mais sensata e completa, acredito eu, é que, sem dúvida alguma, o discernimento dessas duas realidades se deu a partir da observação.

— Com toda razão — retrucou Charles —, o estudo e observação proporcionou chegar a tal conhecimento. Mas sobre quais inspirações aqueles da época estudaram? Quais suas fontes? Acho curioso, penso que talvez eles precisassem de algum exercício de bondade e outro de maldade para assim discernir e dar nomes a tais comportamentos, e, sim, isso com certeza aconteceu, mas a maior dúvida é: em quem eles se inspiraram para dar o nome de bom a algo e o nome de ruim à outra coisa? Afinal, em quem? Pois creio que eles tiveram abertamente um modelo para cada comportamento.

Se mantiveram em silêncio por um certo tempo, mas logo Charles continuou:

— Parece que não é tão fácil tirar Deus de cena e jogar tudo nas costas dos humanos. Os seres humanos evoluíram muito ao longo do tempo e hoje fazem coisas extraordinárias, mas penso que no princípio do próprio desenvolvimento pessoal e humano do próprio ser humano ele certamente precisou de uma forcinha, para bem interagir com seu espaço. E até mesmo ainda hoje talvez necessite dessa "forcinha", mas não a aceite.

Dito isso, assim que Charles fechou a boca, a sirene da escola tocou, e como Marcel nem sabia o que falar, prosseguiu quieto e pensativo à sala de aula, Charles seguiu também para a sala. Esse foi o segundo dia de debate entre os dois jovens.

3º dia

A experiência dos jovens era desafiadora para os dois lados, ambos gostavam da interação sobre esse assunto, o assunto estava começando a se propagar, coisa essa que fugia do que ansiavam os dois jovens; na sala de ambos, alguns boatos já circulavam, mas isso não os afetou, continuaram com seus estudos e levantando seus argumentos. Chegado o precioso intervalo, lá estavam eles, e dessa vez não sozinhos, pois ao redor deles estavam alguns alunos apreciando os argumentos de ambos os lados. Nada demorou e Charles propôs:

— Convido a analisar comigo sobre a origem do homem, o que me diz?

— Com certeza — retornou seu opositor. Charles então deu início:

— Sabemos que existem algumas teorias sobre o surgimento do homem. E algumas são mais conhecidas que outras. Bom, na minha perspectiva, existe uma correta e essa se encontra em um livro chamado Bíblia, certamente todos aqui já ouviram falar, ou não, e essa teoria que lá se encontra, eu acredito que seja a mais sensata, completa e principalmente verdadeira...

— O debate é justamente pra você me provar a existência desse Deus fora da Bíblia — disse Marcel demonstrando estar aborrecido —, a Bíblia puxa totalmente para a existência Dele.

— Calma, apenas disse o nome Bíblia e que lá se encontra uma teoria, não citei ela, posso continuar?

— Prossiga.

— A teoria da evolução na minha opinião deixa a desejar — disse Charles —, para mim ela não é verdadeira, porém eu respeito quem nela acredita, é importante se colocar no lugar da pessoa que chegou a esse conceito, pois na época dela não tinha tantos equipamentos a seu favor pra que pudesse usar e chegar ainda mais longe. Isso foi onde ele chegou, hoje pode parecer tolice para alguns essa teoria, mas eu acho, sim, ela importante, pois ela foi a porta de entrada para novas expansões de conhecimento. Porém, quero aqui expressar um outro ponto: por que até mesmo um macaco nos dias de hoje não evolui?

Marcel pareceu um pouco desanimado com essa pergunta, mas mesmo assim respondeu:

— Não sei, sei pouco sobre ciência, ou talvez nada, e sendo sincero não tenho as respostas para essa pergunta.

Charles nada mais falou, ambos estavam em silêncio, e quando Marcel pensou em algo para falar foi surpreendido pela sirene da escola, guardando assim para si mesmo aquilo que lhe tinha vindo à mente. Pelo que vemos, essa sirene fazia um controle bem chato sobre o debate.

4º dia

Chegou a sexta-feira e os dois jovens seguiram mais uma vez para o mesmo banco onde acontecia o debate, ao redor deles havia ainda mais alunos do que no debate anterior, eram cinco alunos a mais. Dessa vez partiu de Marcel o assunto que ambos iriam tratar naquele dia.

— Big Bang, quando a partir de um átomo primordial tudo se originou e a vida então passou a surgir — disse Marcel. — Bom, se você tem algo que vai contra isso, vai me surpreender muito, pois o Big Bang é praticamente indiscutível.

Calando-se procurou ouvir atentamente o que Charles poderia falar. E Charles iniciou:

— Antes de falar aquilo que realmente penso e defendo, gostaria de dizer que não desprezo a teoria do Big Bang, pois de alguma forma ela abriu caminho para mais dúvidas e estudos. Mas vamos lá: respeito muito essa teoria, mas não diria indiscutível. Você disse que tudo partiu de um átomo primordial, não é mesmo?

— Sim.

— Então obviamente não existia nada antes desse átomo?

— Exatamente — respondeu Marcel.

— Muito bem, você conseguiria me dizer onde ele se originou?

— Originou-se no espaço — responde Marcel. Mas Charles logo em seguida lhe assegurou:

— Mas isso não é possível.

— Claro que é.

— Bom, você considera que a partir do Big Bang por meio do átomo primordial tudo se originou?

— Sim, foi o que acabei de dizer.

— E o átomo primordial se originou no espaço?

— Exato — respondeu Marcel um pouco aborrecido.

— Temos um grande mistério então — disse Charles. — E creio que uma questão impossível. Pois se antes do átomo primordial existir não existia nada, como pode ele então ter se originado no espaço, sendo que este ainda não existia? Não existe a possibilidade de nada gerar algo. Para o Big Bang surgir, precisava-se de algo ou alguém que viesse antes dele, ou seja, que já existisse algo ou alguém maior que o próprio Big Bang, pois afinal nada gera nada. Para gerar algo, eu preciso de substâncias e um ambiente, espaço para expressar ou manifestar aquilo que eu gero. Se tratando de uma explosão no espaço, creio firmemente que existe algo, ou melhor, alguém muito maior do que o próprio Big Bang, e que este ocorreu somente por invenção de alguém muito maior que o tal Big Bang.

Marcel ficou sem palavras por um tempo, mas logo retornou:

— Mas e se já existisse o universo?

— Ok, faremos de conta que existia, sim, o universo, mas se ele já existia alguém o criou, e quem foi esse alguém? Um universo se formar sozinho não há como. Imagine uma casa, uma simples casa. Pode uma casa se construir sozinha? Sem nenhum influenciador? Pode ela por si mesma formar paredes, teto e piso?

— Não, isso é impossível.

— Muito bem, agora pense comigo, sendo uma casa minúscula diante do universo, mesmo ela sendo extremamente insignificante diante dele, pelo que vemos para ela surgir necessita de um influenciador, quanto mais o universo, o princípio de toda a criação. Como poderia um universo inteiro surgir, ou ser criado, sem a influência de alguém? Como isso afinal ocorreria?

Para Marcel não havia mais argumentos que pudessem provar o contrário e antes mesmo que pudesse pensar em algo a sirene da escola começou a tocar e os jovens se puseram a caminho da sala.

Charles, no entanto, permaneceu um curto tempo ali no local do debate enquanto todos seguiam para a sala de aula, ali pensava um pouco sobre algumas coisas que envolviam o debate, entretanto, foi um curtíssimo tempo e logo seguiu rumo à sala. Naquela manhã as duas últimas aulas do dia pareciam demorar tanto que Charles estava entediado, as aulas eram de matemática, Charles não gostava tanto delas e mal via a hora de seguir para casa.

Após a sirene tocar pela última vez naquela manhã, indicando que era hora de ir para casa, Charles animou-se bastante, finalmente aquela aula entediante chegara ao fim. O jovem seguiu calmamente para casa, no entanto seu semblante parecia desanimado, parecia triste e pensativo, apesar de ter tido um bom êxito no debate. Chegado o sábado, Charles por volta das 8h da manhã resolveu fazer uma caminhada, estava pensativo sobre o que acontecera na escola, pensava que de alguma forma podia ter magoado seu colega com o debate, e não queria que a consequência de seus argumentos fosse esta. Pensou em terminar o quanto antes o debate, e tocar sua vida normal, e com esse pensamento retornou na segunda-feira para a escola.

5º dia

Na manhã daquela segunda-feira, Charles havia decidido que seu próximo assunto com Marcel seria sobre o fim do debate, e não um outro, e assim o fez, mas Marcel se recusou, disse que estavam sendo uma boa experiência aqueles diálogos, que queria, sim, continuar e até tinha em mente o assunto da próxima conversa. Ao ver a resistência e o ânimo do colega, Charles não hesitou, alegrou-se. Porém, mesmo assim pediu a Marcel que deixasse tratarem apenas sobre um ponto e que esse fosse o último. Marcel respeitou e concordou. Então Charles iniciou:

— Como você ouviu falar de Deus?

— As pessoas à nossa volta falam — disse Marcel —, a gente acaba ouvindo e prestando atenção vez ou outra.

— Certo — concordou Charles —, mas de onde você acha que essas pessoas tiraram a figura ou noção desse Deus?

— Provavelmente da famosa Bíblia.

— De fato, por conta dela, Deus se propagou no mundo inteiro. Marcel, não sei se você já percebeu, mas os ateus só recebem esse nome de ateus, porque é necessário existir ao menos uma ideia para eles desconsiderarem, e essa ideia no caso deles é a ideia da existência de Deus. Até eles têm uma crença: a crença de que Deus não existe. É interessante, pois, para as pessoas duvidarem de Deus, parece que necessariamente ele precisa existir. O fato é que se elas duvidam é porque alguém mostrou argumentos claramente convincentes sobre a existência Dele. Arrisco dizer que se existe ateu é porque existe Deus, pois eles precisam crer em algo e esse algo é a não existência que milhares de pessoas confessam existir: Deus.

Após dizer isso, Charles calou-se, Marcel não sabia o que dizer, por último disse Charles:

— Isso é tudo. Com isso encerro a minha participação neste debate. — Tocando o ombro de Marcel, ele continuou: — Amigo, caso tudo que falei tenha feito sentido pra você, eu te aconselho, busque mais conhecimento, pois Deus sem dúvida alguma existe e com certeza ele quer ser encontrado por mim e por você, mesmo que não esteja perdido, pois as evidências apontam mais para a sua existência do que para uma possível inexistência.

Todos que estavam à volta dos jovens estavam impressionados com as palavras de Charles. Depois daquelas palavras, ele seguiu para um outro lugar da escola, procurou por um banco onde não estivesse ninguém, após encontrar, ficou por ali um certo tempo, a sirene logo veio a tocar, mas Charles estava tão perdido em pensamentos que não se deu conta do som e assim a aula teve início sem ele. Sentado ali sozinho, pensava consigo mesmo: "Mas e eu? Eu também preciso aprender mais sobre esse Deus, preciso conhecê-lo, ir ao encontro dele e saber o que ele espera de mim". Charles estava há muito tempo sentado naquele banco, o suficiente para ter passado uma aula inteira e ele não perceber, logo se assustou com o barulho dos alunos saindo da sala. Levantou-se de imediato, foi para a sala, lá encontrou com Pierre e este lhe perguntou:

— Onde estava? Por que não veio para a aula?

— Estava sentado no banco perto do jardim, acabei me distraindo e não me dei conta do som da sirene, perdi totalmente a hora.

Depois dessa rápida explicação de Charles, um professor entrou na sala e os dois jovens se concentraram na aula, passada a aula seguiram para casa.

Distância de Charles

Passado o debate, Charles e Marcel seguiam tranquilamente as suas rotinas estudantis, porém o debate não contribuiu para ficarem um tanto mais próximos. Charles, de alguma forma, parecia um pouco frio, e não apenas com Marcel, mas até mesmo com seu inseparável amigo: Pierre. O debate havia mexido com Charles, e isso tinha afetado seu relacionamento com Pierre. Pierre passou a notar que Charles estava um pouco mais distante que o normal, deduziu que fosse qualquer consequência do debate. No entanto, como bom amigo, não se afastou, procurou entender e dar espaço a Charles, e principalmente ouvi-lo.

Por vezes Pierre insistiu com Charles:

— O que houve? Por que você está assim? — questionava Pierre.

Charles no entanto repetia quase sempre as mesmas palavras:

— Não é nada, apenas estou pensando.

Pierre sabia muito bem que não era somente aquilo, conhecia muito bem seu amigo, porém não o pressionou tanto, deu-lhe espaço para respirar e digerir bem a possível frustração pela qual estava passando. Para os pais de Charles, nada de estranho ou diferente se passava com seu filho, pois eram acomodadamente acostumados com um filho um tanto fechado, que raramente lhes contava o que gostava ou o que lhe passava na mente, nada perceberam de estranho e assim seguiam sossegadamente suas vidas.

Como pouco interagia com qualquer pessoa na escola e agora até mesmo com Pierre, Charles pouco sabia sobre as novidades que ali ocorriam, e por incrível que pareça quase toda a escola sabia que Marcel iria deixar a cidade, era apenas um ou outro que não sabia disso, e Charles era um desses. Dias vinham e iam, e em uma quarta-feira Charles acabou chegando atrasado na escola. Nesse mesmo dia, por acaso, era o último dia de Marcel na escola; naquela manhã, Marcel foi apenas dizer adeus a seus colegas e retornou para casa. Ainda naquela manhã, quando Charles chegou à escola, Marcel já havia saído e se despedido de vários amigos. Charles, por sua vez, não fazia a mínima ideia sobre o que estava acontecendo.

Durante os intervalos, Charles e Pierre costumavam ver Marcel na companhia de seus amigos: Louis e Isabelle, porém naquele dia Charles notou que Louis e Isabelle estavam sozinhos, pensou consigo que provavelmente Marcel não teria ido à aula, e obviamente estava correto, o que não imaginava era que não seria apenas naquele dia que Marcel não iria mais àquela escola. Observando, Charles percebera um certo abatimento nos rostos dos dois amigos de Marcel, então assim como que de repente disse a Pierre:

— Marcel parece não ter vindo hoje, não o vi ainda. Louis e Isabelle não parecem muito animados.

— Ele veio mais cedo apenas para se despedir de todos. Com certeza Louis e Isabelle estão tristes, eu também estaria se um grande amigo meu fosse embora — respondeu Pierre.

— Como assim se despedir de todos? — perguntou Charles.

— Não está sabendo? Marcel foi embora. Todos da escola sabem.

— Todos? Mas afinal o que aconteceu?

— Marcel viajou hoje. Ele havia falado para Louis e Isabelle e por eles toda a escola soube, admiro você ser o único a não saber.

Charles por um momento se manteve quieto, não acreditava que seu colega tinha partido assim e só agora ele ficara sabendo.

— Esse tempo todo por que nunca comentou comigo sobre isso? — perguntou Charles rompendo o silêncio; no entanto, Pierre nada disse de imediato; Charles então se levanta e começa a caminhar devagar em direção ao pátio; ainda perto, Charles pôde ouvir de forma clara:

— Todo esse tempo, Charles, como eu iria conversar com alguém que não diz nada, que vive mudo, quando pergunto o que houve diz apenas "não é nada, estou pensando". Me pergunto: no que você tanto pensa? No que você tanto pensa? — Fez uma pausa por último e acrescentou com a voz um pouco mais baixa:

— Você não é mais o mesmo, Charles.

Mesmo estando de costas, Charles ouviu tudo, sentiu-se decepcionado consigo mesmo, mas nada disse a Pierre. Por alguns segundos, ficou ali, mas nada fez, depois decidiu se virar e olhar para Pierre, porém, para sua surpresa, seu grande amigo já não estava ali. Era muito raro haver desentendimentos entre os dois jovens, ambos valorizavam muito o relacionamento entre amigos que viviam, as chances de atritos entre os dois eram quase que mínimas, mas isso não queria dizer que essas chances eram nulas. Felizmente, no dia seguinte, os dois se entenderam e voltaram a conversar como de costume; se colocando no lugar de Pierre, Charles se deu conta de que responder de forma sincera a algumas das dúvidas de Pierre era o mais justo a se fazer, entendeu que seu amigo precisava de alguns esclarecimentos, se desculpou por ter proporcionado aquele atrito; e logo estavam como todos os outros dias, conversando e sorrindo juntos. Estavam indo bem, havia baixado a poeira dos acontecimentos inesperados que causavam dores e tristeza, o fim daquele ano estava se aproximando, o ano vindouro muito próximo se encontrava, e já havia cerca de três a quatro anos que Charles e seus pais estavam na França. Os estudos iam muito bem e no ano seguinte Charles iria concluir o ensino médio, o que tanto almejava para assim adentrar a faculdade.

O último e o primeiro

O intenso ano de 1985 estava sendo vencido por seu superior, restavam apenas 14 dias para aquele ano turbulento ficar para trás. O novo e esperado ano se aproximava e grande parte das pessoas viajavam em pensamentos sobre o que o novo ano poderia lhes proporcionar, e assim grandes promessas eram traçadas e novas metas organizadas.

Chegada a última noite do ano, muitos se encontravam em um pequeno e organizado festival, era algo simples que, no entanto, fazia aquela noite inesquecível. Nos últimos três anos, Charles participara apenas duas vezes, mas essas não tinham sido tão prazerosas, pois haviam sido em lugares não tão satisfatórios, e alguns imprevistos acabaram surgindo antes que Charles e seus pais chegassem ao festival. Os outros dois réveillons não foram os melhores réveillons, mas, como não tinham uma melhor opção, aquilo era o que lhes restava. No entanto, aquela noite era cheia de promessas e muito esperada, não apenas pela família Tyler, mas por todos que ali estavam, e como julgado assim ocorreu, aquela noite entrou para a história de todos, há muito tempo não viviam uma noite como aquela, era uma noite com diversos entretenimentos, muitas conversas, comidas, atrações e, é claro, com muitas e boas lembranças do ano que se vencia. Por mais que ele tivesse sido cheio de ocasiões desagradáveis, essas vivenciadas situações desagradáveis eram o pensamento mais distante que todos ali tinham, pois todos queriam nada mais e nada menos que aproveitar e viver aquela última noite do ano e primeiro dia do ano como nunca tinham vivido em suas vidas.

Pierre e Charles traçaram grandes projetos na madrugada do novo ano, aquela noite era muito especial para todos daquela cidade e também para todos de todos os cantos do mundo, porém, como tudo que é bom passa rápido, logo muitos que estavam no festival em Bordeaux encontraram motivos para retornar para suas casas, e um desses motivos era o belo sol no dia 1º de janeiro de 1986 que logo se levantava.

Um novo mistério

    O ano tinha começado muito bem, nada diferente dos anteriores, as aulas ainda estavam distantes. Todos estavam aproveitando as férias, alguns iam à praia, outros se entretinham com seus hobbies ou se divertiam de variadas formas. Charles não era diferente, enquanto podia estava aproveitando, conhecendo, viajando e descobrindo coisas novas, foram dias maravilhosos para os jovens daquela cidade. Faltando menos de duas semanas para terminarem as férias, em uma noite, Charles teve um diferente sonho, nesse sonho ele se deparou com dois homens e um adolescente de aparentemente 12 anos de idade. No sonho ele tinha a sensação de já os ter visto antes, e de fato tinha, porém, não recordou de imediato, nesse sonho ele apenas os viu, os três estavam juntos, ninguém dizia nada e estavam em um bonito bosque. Foi um sonho um pouco demorado, nenhuma palavra era pronunciada, os dois homens e o jovem se mantinham silenciosos; Charles, no entanto, no início fez algumas perguntas, mas obteve apenas olhares e nada mais, nem um simples som da voz de qualquer um dos três, então optou por fazer o mesmo que eles faziam: ficar em silêncio. No sonho eles apenas passeavam pelo bosque. Foi um sonho longo, mas logo o novo dia foi chegando e Charles acordando.

Na noite do sonho, era uma noite de domingo. Charles não se lembrava de já ter sonhado algo como na noite anterior, mas nem por isso deu importância àquele sonho. Passadas duas noites, chegando a noite de quarta, Charles encontrou-se novamente em seu sonho anterior; dessa vez, ao ver o senhor com uma fina vara nas mãos, lembrou-se rapidamente de sua infância no pequeno vilarejo situado em Santa Catarina, e recordou que aquele senhor que estava ali no sonho era justamente aquele homem que repetidas vezes o incomodava durante o caminho de casa após as aulas, com algumas conversas que naquela época Charles não compreendia. Vendo o adolescente de 12 anos, recordou-se subitamente daquele dia em que fora acompanhado por aquele mesmo adolescente. E por último, ao fitar os olhos no homem mais velho, nada demorou para lembrar que aquele mesmo homem era o que, durante sua internação no hospital, estava ao seu lado, lhe ensinando e conversando.

Após suas profundas lembranças, sua dúvida era: "por que estou aqui, e por que estão juntos esses três?". Ora, os três sabiam que Charles tinha rapidamente se recordado de tudo aquilo que com cada um deles tinha vivido. E ao sorrir o sábio e mais velho homem disse:

— Muito bem, Charles, aproxime-se.

Aproximando-se, todos o cumprimentaram pegando em sua mão e lhe saudaram:

— Que bom que você está aqui.

Charles não fazia ideia de por que estava ali, mas tinha notado que esperavam por ele. Ele tinha uma curiosa dúvida e assim disse aos três:

— Eu vivi diferentes momentos com cada um de vocês. — Olhou atentamente para cada um deles. — Até em sonho. Porém, vocês nunca me disseram seus nomes.

Os três nada responderam de imediato, logo depois Charles ouviu algo e esse algo era apenas um fino grito de sua mãe para com seu pai, pois o novo dia já havia chegado, e antes que pudesse ouvir sua preciosa resposta, viu-se acordado. Depois de acordado, ele não lembrava exatamente como o sonho tinha terminado, lembrava apenas que fizera sua pergunta e não obtivera resposta. O dia estava chato, Charles estava sem ânimo e não encontrava algo legal com que pudesse se entreter. Para completar, o dia parecia não passar, e com muito custo finalmente havia chegado a noite. Um pouco mais cedo do que de costume, Charles foi para a cama e sentia-se ansioso por uma resposta. Achava que depois de um dia extremamente entediante poderia sonhar novamente com os dois homens e o jovem e assim obter a sua resposta, estava começando a se interessar pelo mistério que poderia envolver aqueles três.

Charles estava tão desanimado que ficou estressado por não conseguir dormir rápido como desejava, se esforçava, mas isso nada adiantava, parecia que o sono de alguma forma se esquivava, assim Charles ficou acordado até a 1h da manhã, coisa que nunca havia acontecido, exceto na última noite do ano passado. Depois de muito olhar para o teto, finalmente o sono lhe assaltou, e Charles agora estava com os três homens, ou melhor, dois homens e o pequeno garoto, em profundo sonho.

— Onde paramos em nossa última conversa? — perguntou o adolescente, verificando se Charles ainda se lembrava de sua pergunta.

— Perguntei seus nomes na última conversa — disse Charles.

— Tudo bem, Charles, te devemos isso — disse o mais velho e sábio senhor. — O adolescente se chama Conselho, o meu amigo aqui se chama Sabedoria, e por último me chamo Eu Sou.

Essa apresentação de nomes estranhos confundiu a cabeça de Charles.

— Esses são os seus nomes? — questionou Charles.

— Exatamente — disse o adolescente.

— Estranho, que pais colocariam esses nomes em seus filhos? Onde eu moro não existem pessoas com esses nomes, e acredito que não vão existir tão cedo — disse Charles.

Os três deram risadas e o senhor mais velho disse:

— Realmente. Mas aqui tudo é diferente, Charles, e eu lhe asseguro: tudo aqui é possível, nós não temos pais, nós somos apenas o que somos.

Ao som daquelas palavras, Charles disse:

— Não é possível! — Estava admirado ou assustado, depois retomou: — O que estou fazendo aqui? O que querem de mim?

Sorrindo o senhor comentou com os outros dois: "Ele é realmente curioso, hein!" e olhando para Charles lhe disse:

— Sua presença aqui, meu caro Charles, é apenas o começo de uma bela jornada, sinto em não poder lhe responder todas as dúvidas. Mas lhe asseguro: estaremos sempre contigo.

Ao som daquelas palavras, o sonho de Charles foi chegando ao fim, logo ele foi acordando e vendo a claridade do sol em seu quarto. Ao acordar pensou consigo: "Que sonhos mais estranhos. Ainda bem que são apenas sonhos", e em seguida respirou aliviado. Após isso muitas noites se passaram e Charles não havia sonhado mais com aqueles três. Por um lado, lhe causava alegria estar livre de tais sonhos, por outro lhe inquietava o mistério que neles se escondia.

Momentos difíceis

　　Restava apenas um final de semana e na seguinte segunda-feira as aulas voltariam, ali se encerrava a liberdade e as aventuras de muitos jovens. Chegada a segunda-feira, Charles seguiu para a escola, chegou mais ou menos uns 15 minutos antes do que de costume e procurou a turma à qual iria se unir, tudo ia bem, aquele primeiro dia comparado ao primeiro dia do ano letivo anterior estava sendo um sucesso. Após o momento na escola, Charles seguiu sua tão antiga e tão nova rota para casa, naquele dia estava um clima frio e, um pouco antes, enquanto Charles estava na escola, tinha acontecido uma curta, mas volumosa chuva, chuva essa que era suficiente para formar inúmeros acúmulos de água. Em seu retorno para casa, Charles ia caminhando tranquilamente pela calçada, quando de repente foi todo encharcado por uma água suja e fria, um ônibus que vinha passando atravessou uma poça em uma velocidade que fez a água espirrar para o lado da calçada onde Charles estava. Aquilo enfureceu o garoto, que situação, que acontecimento no seu primeiro dia escolar.

　　Depois de todo molhado, como se não bastasse aquela situação, Charles ainda pôde ouvir altas gargalhadas de vários jovens que estavam dentro daquele ônibus. Aquela situação era de tirar a paz de qualquer um, mas Charles, por mais revoltado que estivesse, foi tentando pensar em outra coisa. Naquela manhã Charles não tinha outra opção, a não ser seguir molhado para casa, a parte boa era que não estava tão longe de casa, e dessa forma não demorou a chegar. Sua mãe ao ver seu estado logo perguntou assustada:

— Charles, o que houve?

— Próximo à esquina um ônibus passou com tudo em uma poça d'água e a água voou em mim — respondeu o filho.

— Nossa, querido. Deixe as coisas aqui, tome um banho.

Assim Charles fez, em seguida almoçou e à tarde foi estudar.

No dia seguinte, já na escola, Charles procurava por seu amigo Pierre, como não o tinha visto no dia anterior, pensava que com certeza o veria neste dia. Antes que a primeira aula do dia iniciasse, estava examinando cada sala da escola à procura do amigo; como a escola continha um espaço muito grande, ele havia ido em apenas quatro ou seis salas, no entanto, logo a sirene tocou e ele ainda não havia encontrado Pierre. Charles então, seguiu para a sala, aquela primeira aula não soava ruim, porém, parecia que a ausência do fiel amigo o incomodava. Foi uma aula curta, mas para Charles parecia que os segundos haviam se transformado em minutos, ansiava encontrar Pierre, para nada mais, nada menos que conversar, porém para isso era necessário esperar aquela aula chegar ao fim.

Como era o segundo dia na escola, ao final de cada aula geralmente os professores rapidamente entravam na sala, isso para que as turmas não se dispersassem, mas obviamente muitos alunos saíam para ir ao banheiro ou beber água. Essa ação dos professores estava atrapalhando os planos de Charles e de muitos alunos, pois justamente no segundo dia de aula muitas coisas vinham de encontro às suas expectativas. Algumas aulas passaram e cada oportunidade de sair da sala se tornava a melhor parte daquela manhã, Charles quando saía procurava por Pierre, mas em momento algum o encontrava. Naquele dia Pierre simplesmente não tinha ido à escola. Após o término de todas as aulas e já convencido de que seu amigo ali não se encontrava, Charles apenas seguiu para casa.

Em sua rota para casa, aconteceu algo diferente. Realizando seu percurso, Charles se deparou com um cachorro e pela forma como este o olhava e latia não era nada amigável; Charles por sua vez procurou seguir com passos leves e promover o menor ruído que pudesse; como ele e o cão estavam em uma praça aberta e não muito distantes um do outro, não tinha muito o que usar ao seu favor, pois se corresse poderia atrair a ira do cão; então optou por de nenhuma forma ganhar a atenção do animal. A estratégia de Charles era simples e ia bem, pois o cão apenas latia e permaneceu um bom tempo em seu lugar. Como Charles mantinha seus olhos direcionados ao cachorro, não percebeu que um gato passava do lado oposto ao qual seus olhos estavam fitos, e não demorou muito para o desespero lhe assaltar ao ver o cachorro correr exatamente em sua direção. Não sabia ele como tinha ganhado tamanha atenção do cão e logo se pôs a correr. Correu sem olhar para trás e para sua alegria quando finalmente resolveu olhar viu que o cachorro alcançava o gato, e não ele. Grande foi seu suspiro aliviado, e sua carreira em compensação o tinha feito chegar mais perto de casa.

Durante a tarde, Charles foi à casa de Pierre, lá foi recebido pela mãe do seu amigo, entretanto, Pierre se encontrava em uma viagem com seu pai. Com a ausência de Pierre, Charles quis retornar para casa, mas a mãe de Pierre insistiu que ficasse, pois logo Pierre estaria de volta. Vencido pela insistência, Charles resolveu ficar, a mãe de Pierre logo lhe trouxe um suco, como estava com sede, logo esvaziou o copo. Em pouco tempo, chegou Pierre acompanhado de seu pai, do sofá Charles pôde ouvir os dois conversarem e rirem, enquanto entravam pela porta da frente.

A mãe de Pierre, como estava na sala fazendo companhia a Charles, logo lhe disse sorrindo:

— Não disse?

Charles acenou e sorriu.

Chegados à sala, Pierre ficou feliz por ver seu grande amigo ali e logo o cumprimentou sorrindo:

— Charles, que bom te ver aqui — o pai de Pierre da mesma forma o cumprimentou pegando em sua mão.

— Seja bem vindo, Charles — disse gentilmente o pai de Pierre.

A estes Charles respondeu com gestos, sorriso e dizendo apenas:

— Obrigado.

Pierre lhe ofereceu algo para beber:

— Aceita um chá, Charles? Ou talvez um suco, café? Ou melhor, o que você preferir.

— Não, sua mãe já me trouxe um suco, estou satisfeito. Obrigado — disse Charles. — Gostaria de conversar com você. É assunto da escola.

— Sim, claro, vamos caminhar um pouco.

Seguiram juntos para fora. Enquanto caminhavam Charles disse:

— Não te vi ontem e nem hoje no colégio.

— Ninguém me viu, Charles; ontem e também hoje, eu não fui para a escola — disse rindo.

— Mas por quê?

— Meu pai precisou de minha ajuda com um serviço — disse Pierre.

— Compreendo — assentiu Charles.

— Mas e como foi lá? — perguntou Pierre.

— A mesma coisa de sempre.

— Eu até imagino.

— Com você lá é mais divertido. Amanhã você vai?

— Vou, sim, já basta hoje, né? — Pierre disse sorrindo.

Ficaram aquela tarde conversando sobre outros assuntos; enquanto os últimos raios de sol se iam, Charles decidiu também que ele devia ir, para sua casa, é claro, então se despediu de seu amigo e dos pais dele e seguiu para casa. Chegado o outro dia, na escola Charles esperava ver Pierre, porém não o procurou como no dia anterior, achava que não iria demorar a vê-lo, acreditava que iriam estudar na mesma sala, porém veio a primeira e a segunda aula e em nenhuma dessas Pierre estava presente, no intervalo ambos se encontraram e ali conversaram sobre a situação de estarem em salas separadas.

Talvez Charles não tenha dado a devida atenção aos nomes dos alunos que estavam escritos em uma folha na porta da sala à qual cada um pertenceria; despercebido não olhou se o nome de seu amigo estava na mesma sala que o seu. Bom, agora, para suas infelicidades, eles seguiam separados por salas, e como a escola era rigorosa, a chance de ser negado o pedido deles de ficarem em uma mesma sala era certamente alta, mas ainda assim isso não os impedia de tentar. Pierre conversou com uma professora a respeito, se podia mudar de sala, esta não lhes deu muitas esperanças, mas mesmo assim passou o caso para a diretora. O jovem aguardou por uma resposta, a mais positiva, é claro, porém, não obteve um retorno tão rápido, passou dois dias aguardando, no terceiro dia a professora tinha aula na sala em que Pierre estava, dessa forma ao fim da aula Pierre foi até ela para obter seu retorno, e esta lhe respondeu:

— Pierre, como já havia te dito antes, a chance do seu pedido ser aprovado era muito pequena.

— Então foi negado? — perguntou o jovem.

— Sim — retrucou a professora.

Mesmo infeliz com a resposta, Pierre agradeceu a ela, e em seguida foi ao pátio, relatou a Charles sobre o retorno dado pela professora, ambos não tiveram outra escolha a não ser aceitar e fazer aquilo que estava ao seu alcance.

Após a última aula, os dois jovens se despediram e seguiram para casa. Charles, como sempre, distraído para o mundo real. Em seu percurso, aconteceu que um carro acabou se chocando com ele, Charles caiu, mas felizmente não se machucou, teve apenas pequenos arranhões. Para sua sorte, o motorista logo o ajudou, até ofertou levá-lo ao hospital, mas Charles disse que não precisava, pois estava bem. Mesmo que o motorista insistisse, Charles se manteve em sua palavra, e assim ambos seguiram seus caminhos.

Por aquele período, os dias não traziam novidades, e quando algo acontecia, nem sempre era bom, e assim com o passar dos dias, Charles não lembrava mais dos sonhos e muitos menos dos dois homens e do adolescente de aparentemente 12 anos, mas não estava muito longe de algo lhe refrescar a memória.

Charles começa suavemente a acordar

    Charles seguia bem os seus estudos. Apesar da distância entre ele e Pierre, nada mudou a amizade entre eles, a distância na verdade até serviu para tornar ainda mais sólido o contato entre os dois. Continuavam as estupendas conversas de sempre no intervalo entre as aulas e assim seguiam, a mudança de salas pouco mudou o humor e o carinho entre amigos.

    Em sua sala, Charles conversava pouquíssimo com seus colegas; para decepção maior, seus outros colegas: Emily, Louis e Isabelle estavam em outra sala; dessa maneira Charles era obrigado a fazer novos amigos, e isso era muito bom, pelo menos no meu ver. Charles era reservado na sala, apenas se comunicava mais abertamente em ocasiões de trabalho escolar. Por sorte havia dois jovens naquela sala que sem querer lhe despertava a atenção, eram o jovem Nathan e sua amiga íntima Camille, eram dois jovens muito reservados assim como Charles, estavam sempre juntos conversando, e ninguém sabia ao certo se eles eram apenas amigos ou mais que isso. Mas, como Charles já os observava durante um bom tempo, por conta de alguns hábitos dos dois jovens Charles percebeu e chegou a concluir que eram apenas amigos, muitos pensavam que eram um pouco mais que isso, pois ambos viviam lado a lado, praticamente inseparáveis.

Mistério para muitos alunos era o que esses dois conversavam, era notável que praticamente sempre estavam felizes. Havia realmente algo que se destacava no jovem Nathan e na moça Camille, alguns tinham uma certa curiosidade, mas quase ninguém se aproximava deles, e ainda havia alguns que se aproximavam, mas não ficavam muito tempo com eles. Para Charles, se ali houvesse um mistério, ele queria desvendar, então decidiu consigo que de alguma forma iria se aproximar dos jovens e arriscar a amizade, no entanto, nada disso disse a Pierre, e assim fez.

Observou-os ainda durante uma semana, e logo procurava uma situação favorável para ter um simples diálogo com eles ou talvez um simples momento para dizer um gentil "oi", mas a coragem de Charles ainda não era tanta para esse simples ato. No entanto, em um dia tranquilo, em uma aula de história, a professora pegou todos os alunos de surpresa com um trabalho que deveria ser feito em trio, e assim, antes de revelar o tema do trabalho ela pediu a todos que organizassem os trios e prestassem bastante atenção. Quase todos já tinham formado seus trios, restavam poucos e nesses poucos estavam: Charles, Nathan, Camille e outros mais. Logo foram ficando menos pessoas sozinhas, até que chegou um momento em que restaram apenas eles: Camille, Nathan e Charles.

— Charles, cadê seu trio? — perguntou a professora olhando séria.

— Não tenho, professora — justificou o jovem.

— Claro que tem, Camille e Nathan estão sozinhos, junte-se a eles — disse a professora.

Charles seguiu a recomendação da professora, e se animou, pois de fato tinha encontrado a perfeita ocasião para se unir a eles. Feitos os trios, a professora então disse em alta voz para todos os alunos:

— Bem, pessoal, espero que todos estejam bem confortáveis com seus parceiros, pois o trabalho que vocês irão fazer será apresentado apenas na próxima semana, na quarta-feira, e será um tema diferente dos que estão acostumados a apresentar. O tema será: afinal quem foi Jesus Cristo?

Após a apresentação do tema, muitos alunos ficaram admirados e empolgados. De fato aquele era um tema ao qual não estavam acostumados, de um lado havia alunos insatisfeitos com o tema, porém, outros demonstravam muito ânimo. Em seguida a professora continuou:

— Sei que pode haver aqui diferentes religiões, mas o trabalho é focado na pessoa de Jesus Cristo, não em religião. Porém, há uma restrição, o trabalho não pode ser voltado exclusivamente para a Bíblia, prefiro que peguem apenas alguns relatos e que aprofundem em outras fontes, livros, artigos. Bom, explorem o quanto puderem, sejam cuidadosos, sei que muitas coisas há a se escrever a respeito desse tema. Alguém ficou com alguma dúvida?

Ninguém disse nada e como a aula estava muito perto do fim a professora por último disse:

— Muito bem, estão todos liberados, sucesso no trabalho; qualquer dúvida, podem vir até mim e irei esclarecê-las.

Todos haviam saído da sala, menos Charles, Nathan e Camille, ali aqueles três pela primeira vez conversavam, o assunto era sobre o trabalho, falavam como e onde iriam se reunir para estudarem e montarem o trabalho, logo decidiram se encontrar na biblioteca próximo à escola, e naquela mesma tarde, seria o primeiro encontro para discutir sobre o trabalho.

Por volta das 15h, Charles seguiu para a biblioteca, ao chegar, percebeu que Nathan e Camille já estavam à sua espera, entraram e ali se concentraram naquilo que realmente era necessário, falaram pouco sobre coisas particulares, se dedicaram mais a assuntos relacionados ao trabalho, e depois de um bom progresso naquela tarde, chegando próximo às 17h20, os jovens se despediram e retornaram para casa.

Chegada a manhã seguinte, no colégio todos da sala de que Charles fazia parte comentavam incansavelmente sobre o trabalho. Nathan, Camille e Charles não eram diferentes, todos queriam fazer o mais belo trabalho que conseguissem, levavam a sério aquele trabalho como nunca antes tinham levado qualquer outro. Até alguns daqueles alunos que no princípio demonstraram não gostar do tema do trabalho agora estavam embarcados totalmente de cabeça nessa jornada, provavelmente viram que aquele tema escondia muitas coisas interessantes.

Chegada a tarde daquele dia, se encontraram novamente os três jovens na biblioteca; naquela segunda tarde, Charles já não foi o último a chegar, e sim o primeiro; não demorou muito e logo chegaram também seus dois colegas; assim estudaram durante uma hora e meia; em seguida começaram a falar cada um de si um pouco; nessa conversa Charles ficou sabendo que aqueles dois bons jovens eram cristãos; com isso fez algumas perguntas a Nathan e Camille.

— Mas como é ser um cristão? — perguntou Charles. — Eu sei que as pessoas cristãs se comportam de maneira diferente das outras. Mas qual o sentido disso?

— De fato, vivemos um comportamento diferente do de muitas pessoas, mas — disse Nathan — não por vaidade, e sim por um ato de amor. Temos alguns costumes diferentes e principalmente: alimentamos uma crença.

— A crença em Deus? – perguntou Charles.

— Exatamente, e no seu filho Jesus — respondeu Camille.

— Mas como é crer em Deus? — perguntou Charles. — Eu penso que ele realmente existe, mas é difícil crer uma vida inteira em alguém que não vemos.

— Realmente, Charles — disse Nathan. — Provavelmente a coisa mais difícil na vida de um cristão.

— Vocês creem 100% em Deus? — perguntou Charles.

— Sim, com certeza — disse Nathan. — Por mais que não o vejamos corporalmente como nós, isso não é motivo suficiente para limitar a nossa crença nele; em muitas situações do dia a dia, ele se mostra em nossa vida; no acordar, por exemplo; no falar, no agir, no sentir, eu vejo Deus nos pequenos detalhes, Ele nos criou, e não apenas isso, ele cuida de todos nós e nos quer perto dele. Amar, crê nele e servi-lo é viver aqui na terra com a ânsia de um dia chegar ao paraíso que há de vir, é almejar o grande dia, em que poderemos afinal estar com nosso pai e amá-lo em espírito e verdade.

Após ouvir, Charles suspirou e falou de forma muito sincera:

— Olha, tenho curiosidade sobre tudo isso que você diz e confesso que sei muito pouco, aliás, não sei praticamente nada, mas gostaria de aprender um pouco sobre Ele, talvez ler sobre Deus seja muito bom, mas ouvir alguém falar assim a respeito Dele é simplesmente maravilhoso.

Camille comentou sorrindo:

— Olha, sou nova no Cristianismo, há pouco tempo comecei meu processo de conversão e, sabe, Charles, sendo sincera com você, eu nunca havia vivido algo igual ou melhor. Hoje percebo quanto tempo perdi longe de Deus, percebo constantemente a presença Dele e não quero jamais trocar tamanho amor por qualquer outra coisa no mundo.

Ouvindo aquelas palavras, Charles sorriu.

— Muito interessante, gostaria de saber um pouco mais — disse Charles.

— Você tem alguma Bíblia em casa? — perguntou Camille.

— Não — respondeu Charles.

— Ela é o manual do Cristão — continuou Camille. — Se você começar a ler uma, tenho certeza que vai expandir ainda mais a sua mente.

— Gostaria de tentar — disse Charles —, mas realmente não tenho, preciso comprar uma.

— Olha, Charles — disse Camille —, eu tenho duas, ganhei uma de um amigo e antes dessa tinha já comprado uma, posso te dar uma, você precisa.

Charles ficou animado com a gentileza da colega.

— Eu gostaria muito, obrigado — respondeu Charles.

No dia seguinte, quando os três jovens se reuniram novamente na biblioteca, Camille levou a Bíblia e após os estudos ela a entregou a Charles, assim depois de conversarem um pouco ambos seguiram para casa. Em casa, após a janta, Charles seguiu para seu quarto, pegou a Bíblia e iniciou a leitura. Sobre a Bíblia nada disse ao seus pais e nem eles notaram, naquela noite passou cerca de uma hora e meia lendo e se admirando com aquilo que absorvia, porém, como tinha que acordar cedo no outro dia, não estendeu muito, e pouco antes das 21h40 encerrou sua leitura. Aquele assunto lhe era interessante, aqueles capítulos eram agradáveis e Charles estava ansioso para continuar a leitura no dia seguinte.

Na manhã seguinte, em uma conversa com seu amigo Pierre, Charles lhe disse:

— Estou fazendo um trabalho com dois jovens cristãos, eles se chamam Camille e Nathan, a Camille me recomendou ler a Bíblia, ela mesma até me deu uma que ela tinha, e para ser sincero estou me surpreendendo — disse com entusiasmo.

Pierre, por sua vez, reagiu de forma um tanto desprezível, não deu tanta atenção e, antes que Charles pudesse fazer outro comentário sobre sua leitura, Pierre de imediato falou-lhe sobre outras coisas; Charles interagiu, no entanto, ainda assim percebeu o certo desprezo da parte de seu amigo, porém nada disse.

Após alguns minutos de conversas, ambos seguiram para a sala; chegando na sala Charles juntou-se aos seus colegas de trabalho e ali conversaram.

— Ontem comecei a leitura da Bíblia — disse Charles. — Li bastante por sinal, e é realmente algo fabuloso, nunca havia lido algo como tal. Já havia ouvido passagens, mas pegar uma Bíblia e eu mesmo ler, nunca tinha feito isso.

Seus dois colegas ao ouvir aquilo ficaram felizes.

— Eu sabia — disse Camille. — Quer dizer, eu imaginava que você ia gostar, você está lendo qual livro?

Charles estava feliz, pois havia encontrado amigos para partilhar sobre sua nova experiência, e não somente isso, eram esses mesmos amigos que lhe tinham proposto tal experiência.

— Estou lendo — disse Charles — o primeiro livro, já ouvi falar sobre alguns versículos, mas agora estou lendo tudo de forma completa, até o momento estou no capítulo 13.

Nathan e Camille ficaram admirados, pois Charles já estava indo longe.

— Uau! — disse Nathan rindo. — Você realmente gosta de ler, hein, Charles, estou admirado.

— Como esse livro — disse Charles sorrindo também — é um livro rico em detalhes, estou lendo com mais calma e com a atenção dobrada, existem muitos nomes importantes que é necessário gravar, muitas descendências, gerações. Estou tentando aderir a esse conhecimento, e não apenas ler por ler.

— Você está indo muito bem, Charles — disse Camille —, confesso que estou surpresa. Continue assim.

Charles sorriu.

— Charles, somos católicos — disse Nathan —, vamos à igreja Matriz ali no centro, sinta-se convidado a ir conosco, geralmente tem algumas diferentes celebrações durante a semana, mas nós vamos mais aos domingos na Missa.

Aquele convite fez Charles ir a outra época, sua mente se voltou aos dias em que ele e seus pais iam à igreja, enquanto moravam no Brasil.

— Charles? — disse Camille, mas ele nada respondeu, parecia não ter ouvido, ela se aproximou e tocando em seu ombro tornou a repetir:

— Charles?

Ao sentir o toque no seu ombro, Charles voltou para a realidade, olhou para Camille e Nathan, mas nada disse.

— Está tudo bem? — perguntou Camille.

— Está, sim — Charles confirmou.

— Tem certeza? — perguntou Nathan.

— Tenho, sim — assegurou Charles. — Só estava um pouco longe... Quando eu era criança, meus pais me levavam para a igreja, íamos para as missas de domingo, mas eu nunca entendia nada. Mesmo muito novo para entender, fiz perguntas a meus pais sobre por que íamos para a igreja, mas eles não souberam me responder, com isso não perguntei mais essas coisas a eles, no entanto, muitas outras dúvidas foram crescendo, mas como não tinha ninguém para me explicar, elas começaram a cessar e eu não mais tocava nesse assunto.

— Compreendemos, Charles — disse Nathan —, mas pode contar conosco, te ajudaremos com o que pudermos, qualquer dúvida, meu amigo, estamos aqui para ajudar a esclarecê-la.

A conversa era boa, mas não demorou muito e uma professora entrou na sala, a conversa teria que esperar, Charles se recolheu para sua carteira. Após o silêncio, a professora iniciou a aula.

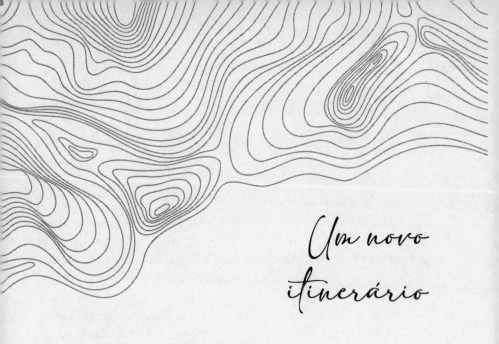

Um novo itinerário

Charles seguia firme sua experiência com a Bíblia, estava se dedicando e gostando muito daquilo que lia e absorvia, dentro de pouco tempo tinha devorado inteiramente o livro de Gênesis; após completar a leitura desse livro, deu uma leve examinada no livro do Êxodo, mas nada tão profundo, pois estava à procura da pessoa de Jesus, mas ali claramente não o encontrava. Na sexta-feira após a aula, em mais um encontro com Nathan e Camille na biblioteca, Charles, recordando-se sobre sua procura do livro que falasse da pessoa de Jesus, após o estudo do trabalho disse o seguinte aos seus companheiros:

— Finalizei o livro de Gênesis. É um livro muito bom e de grande importância por sinal, mas agora gostaria de ler sobre a pessoa de Jesus, estou procurando os relatos ou textos que falam sobre Ele, dei uma olhada curta no livro do Êxodo, mas ali nada encontrei relacionado a Ele.

— Então, Charles, acontece o seguinte — disse Nathan —, a Bíblia é dividida em duas partes: Antigo Testamento e Novo Testamento; existe essa divisão. No Antigo Testamento, existem profecias a respeito de Jesus, no entanto, Jesus se manifesta claramente no Novo Testamento, que podemos dizer que apenas existe por conta do próprio Cristo. No Novo Testamento, tudo se dá por Jesus, a causa primária e final é voltada a Ele. No Novo Testamento, existem quatro homens que são chamados de evangelistas que são: Mateus, Marcos, Lucas e João, esses quatros contam a história de Cristo, entretanto, por ângulos diferentes, com olhares diferentes. São os primeiros livros do Novo Testamento, nesses quatro evangelhos você vai encontrar tudo sobre Jesus, principalmente coisas faladas, narradas pelo próprio Jesus, suas parábolas, seus ensinamentos, sua caminhada, absolutamente tudo a respeito Dele.

— Ah, entendi — disse Charles. — Não ia encontrar tão cedo esses quatro evangelistas, não fazia ideia dessa divisão.

— Existem tantas passagens maravilhosas, Charles... — disse Camille olhando para Charles — mas, como você está curioso sobre a história de Jesus, dê início ao Novo Testamento, leia os evangelhos, depois leia as cartas, e assim vai indo, você não irá se arrepender.

Depois daquelas explicações e recomendações, seguiram para casa. Na manhã de sábado, após tomar café, Charles então pegou a Bíblia, eram por volta das 8h da manhã, fez como seus dois amigos haviam dito, começou lendo o Evangelho segundo Mateus. Geralmente nos finais de semana Charles não tinha nenhuma ocupação e isso lhe dava tempo de sobra para se concentrar em sua leitura, mas naquele dia algo aconteceu que não era de costume ocorrer: após cerca de 40 minutos de leitura, Charles ouviu sua mãe subitamente lhe chamar, ao chegar onde ela estava, ela pediu-lhe que fizesse um curto favor, ele logo fez, até então tudo dentro do comum, mas logo após cerca de 25 minutos, ouviu novamente outra voz lhe chamar, agora era seu pai, Charles então seguiu para onde ele estava para assim atendê-lo.

Após realizar o pedido de seu pai, retornou para seu quarto e retomou sua leitura; ao terminar um capítulo, antes que pudesse iniciar outro, sua mãe gritou:

— Charles, vem aqui rápido.

Não tão animado, Charles obedeceu ao chamado de sua mãe, ao entrar na cozinha sua mãe lhe pediu:

— Tira o lixo, filho, não aguento mais o mau cheiro.

Depois de tirar o lixo, Charles voltou até sua mãe.

— Precisa de mais alguma coisa, mãe? — perguntou ele.

— Não, querido, é só isso mesmo — respondeu sua mãe.

Charles, então, voltou para seu quarto, onde a Bíblia estava, e ele ali se recolheu novamente em sua leitura, mas logo parou de ler, e ficou refletindo em pensamentos: "Hoje tem algo estranho, geralmente eles nunca me chamam ou precisam de mim", pensou ele, já era a terceira vez que havia sido incomodado naquela manhã, coisa que era muito rara acontecer.

Bom, Charles não permaneceu muito tempo pensando sobre isso, decidiu retornar novamente para sua leitura, estava totalmente concentrado quando seu pai gritou:

— Charles, me traz um copo com água.

Naquele momento Charles sentiu um leve estresse, mas não demorou muito, fez como seu pai pediu, entretanto, ao invés de levar apenas um copo, levou uma garrafa com uma grande quantidade de água, seu pai estava em um pequeno quarto nos fundos examinando algumas madeiras antigas que ali estavam, checava se era possível ainda utilizá-las para construção de algum objeto.

— Aqui está, pai — disse Charles ao chegar onde seu pai estava.

— Obrigado, filhão — respondeu seu pai.

— Deseja mais alguma coisa? — perguntou Charles.

— Não, por enquanto só — disse Joseph. — Estou olhando essas tábuas, talvez elas sirvam para a construção de um banquinho ou quem sabe um pequeno caixote que sirva para colocar ferramentas, mas ainda não sei, o que você acha?

Charles olhou um momento para aquelas madeiras.

— Olha, pai, dá pra aproveitá-las, acho que um banquinho ficaria muito bom — disse o garoto.

— É. Vou ver se consigo aproveitá-las — disse por último Joseph.

— Tá bem, pai, eu vou indo — disse Charles, porém, seu pai parecia estar concentrado demais em seu projeto de criar algo com aquelas madeiras, pois nem se deu conta do que Charles disse. Charles voltou novamente para o seu quarto, mas não demorou muito ouviu sua mãe chamá-lo:

— Charles, o almoço está pronto, chame seu pai e venham.

Charles não tinha percebido o quão depressa o tempo havia passado, as interrupções da sua leitura não o deixaram perceber o quanto de tempo havia perdido, aqueles chamados de seus pais o deixavam estressado, porém, tentava ao máximo não demonstrar qualquer sintoma de raiva. Por fim foi até seu pai, chamou-o e seguiram para o almoço.

O lugar escolhido

Aquele acontecimento daquela manhã fez Charles pensar algumas coisas. Enquanto almoçavam, Charles pensava em uma forma de ler e não ser interrompido, ou algum lugar em que pudesse ler e nada pudesse atrapalhá-lo, até então não conhecia nenhum lugar fora de casa que fosse propício para fazer de forma tranquila a sua leitura. Após o almoço, decidiu ir à procura de algum lugar confortável para ler, um lugar que não tivesse muitos movimentos e distrações.

— Mãe, vou dar uma saída — disse o jovem.

— Vai aonde? — perguntou sua mãe.

— Só caminhar um pouco.

— Está bem.

Antes de sair, Charles foi até seu quarto, pegou sua mochila escolar, tirou seu material e colocou a Bíblia dentro dela; no entanto, achou que não havia ficado legal, pois a mochila era muito espaçosa para uma pequena Bíblia e de algum modo a mochila não estava lhe agradando; ele então optou por pegar uma antiga mochila que não fazia ideia de onde ela estava. Por não lembrar onde ela se encontrava, acabou tendo um atraso, manteve-se um momento procurando, mas nada de a encontrar, e assim logo se cansou de tanto procurar e não obter sucesso, ele então se sentou na cama, de repente veio em sua mente o pensamento de onde estaria a mochila, ao olhar em uma gaveta da sua cômoda, encontrou finalmente sua mochila preta um tanto empoeirada, sacudiu-a até sair parte da poeira, com isso pensou consigo mesmo: "Nada mal, talvez se eu tivesse me sentado antes, não tivesse perdido tanto tempo".

Depois de limpar um pouco mais a mochila, ele colocou a Bíblia dentro dela e saiu à procura de algum lugar em que pudesse mergulhar em sua leitura.

Charles passou por quatro lugares: o primeiro era ao lado de uma estrada, havia grande movimento de carros, então não o agradava; o segundo era um lugar distante e um pouco alto, assim se tornava muito cansativo ir até lá; o terceiro parecia perfeito, no entanto, era propriedade de um fazendeiro, este, porém, não era um homem tão amigável, e também havia vacas e bois dentro da propriedade; por fim o quarto lugar poderia ser maravilhoso se houvesse menos barulho de pássaros, mas não era o caso. Depois de avaliados os quatro lugares, Charles estava convencido de que a melhor coisa era ir para casa, e assim fez; chegando em casa, olhou para a direção oposta àquela para a qual ele tinha caminhado, quem sabe naquela direção encontrasse, afinal, o lugar que tanto almejava.

Estando na porta de casa, Charles não entrou, resolveu caminhar um pouco pelo caminho oposto ao qual tinha seguido antes, por ali não foi muito longe, ainda próximo de casa encontrou uma área alta onde havia duas grandes árvores, era um lugar calmo, silencioso e oferecia uma perfeita vista do pôr do sol. Vendo aquilo, Charles começou a se alegrar, pois aquele lugar se encaixava com o que ele procurava. Charles nunca havia estado em lugar como aquele, não que ele se lembrasse, às 16h40 uma leve brisa reinava e o canto longínquo dos pássaros era suave aos seus ouvidos. Aquela tarde foi tranquila e maravilhosa, no entanto, o tempo passou extremamente rápido e não demorou muito para Charles retornar para casa. A vontade de Charles de estar de volta naquele lugar no dia seguinte era grande, pois tal calmaria e harmonia encantavam o jovem. Charles estava tão bem consigo que, na manhã de domingo, tranquilamente se voluntariou a ajudar seu pai no projeto de montar algo com as antigas madeiras.

Joseph havia decidido fazer um banquinho e estava contente por ao seu lado estar seu filho auxiliando-o no que fosse necessário; pouco antes do almoço, a obra de Joseph estava pronta, faltava apenas passar uma tinta de madeira, mas isso tinha que esperar; os dois foram almoçar e, depois disso, Charles deixou seu pai agir sozinho, lhe disse que tinha alguns afazeres; Joseph compreendeu e não questionou, pois ainda estava contente pelo ato de generosidade do filho em lhe ajudar. Um pouco mais tarde, por volta das 15h, lá estava Charles com sua mochila nas costas; chegando ao seu lugar ideal, ao chegar, Charles tirou a Bíblia da mochila e ao abrir no livro de Mateus começou a folhear, seus olhos permaneciam firmes nas páginas, e sua concentração era admirável, havia levado água e também um pequeno lanche e, após aproximadamente duas horas de estudo, lanchou tranquilamente acomodado debaixo da árvore, se refrescou e ficou ali sentado contemplando o pôr do sol que se aproximava; ficou ali meditando em pensamentos sobre a tão bela criação do mundo e também sobre o pouco que naquela mesma tarde conhecera a respeito de Jesus.

O novo aprendizado realmente estava mexendo com Charles, era uma aventura diferente de todas as outras. Logo chegou a manhã de segunda-feira; na escola, assim que se reuniu com Nathan e Camille, Charles comentou sobre sua leitura da tarde anterior.

— No domingo — disse Charles —, consegui estudar bastante o Evangelho segundo Mateus, Jesus é realmente incrível, não tenho palavras, operava belos prodígios, confundia a cabeça dos que se achavam sábios, e suas parábolas eram sensacionais.

— Com certeza — disse Nathan animado —, você vai encontrar ainda mais maravilhas, Jesus sem dúvida alguma é um homem extraordinário, você só tem a ganhar se observar e guardar os ensinamentos de Jesus.

Camille, sorridente, apreciava o diálogo entre seus dois amigos, Charles demonstrava-se mais contente que o de costume, com seus dois amigos conseguia se abrir com mais facilidade, manifestava mais ânimo e seu sorriso parecia estar revigorado. Em poucos minutos, um professor estava à porta da sala, entrou e após o "bom-dia" iniciou a aula. Depois daquela aula, Pierre e Charles se encontraram no pátio da escola, Pierre lhe disse que tinha uma novidade, falou a Charles que estava conhecendo uma moça bem legal, Charles ficou contente com a notícia e desejou que desse tudo certo. Os dois conversaram no pátio por um certo tempo, mas logo depois seguiram ambos para suas salas.

Depois de todas as aulas daquele dia, Charles seguiu mais uma vez seu rotineiro percurso para casa. Em seu particular, Charles se mantinha fiel ao seu estudo, estudar parecia ter se tornado seu hobbie, ele literalmente tinha apreço por uma boa leitura, era feliz pelo que fazia, estava se tornando um rapaz muito inteligente e muito bem-instruído.

Logo veio a terça-feira e, como Charles, Nathan e Camille não haviam se reunido no dia anterior para terminar o trabalho, se reuniram naquela terça-feira à tarde, assim concluíram finalmente cada detalhe daquele rico trabalho escolar; além de finalizado, os jovens encontraram ânimo até mesmo para dar uma profunda revisada; depois de feito tudo o que poderia estar pendente, agora era hora de apenas ir para casa e esperar o dia seguinte chegar. Chegada a quarta-feira, todos daquela sala estavam tensos por conta do trabalho. Depois de duas aulas de matemática, chegaram finalmente as duas aulas de história, nas quais seriam apresentados os trabalhos. Com a professora na sala, era hora de iniciar as apresentações.

No total eram dez apresentações, Camille, Nathan e Charles estavam em 9° lugar; como aquela professora conseguiu mais uma aula de outro professor que por motivo particular não pôde comparecer à escola naquele dia, ela então tinha tempo de sobra para ouvir todas as apresentações e até mesmo para avaliá-las e dar-lhes as notas. Algumas apresentações duravam cerca de 7 minutos, outras 12 minutos e algumas até 2 minutos, todas tinham seus caprichos e destaques; apesar de serem muitas apresentações, Charles e seus colegas estavam ansiosos, pois logo a 8° apresentação estava chegando ao final.

Logo aplausos soaram, era o fim daquela apresentação e início da dos três jovens, seguiram eles para a frente da classe, Nathan conduziu:

— Bom dia, classe, me chamo Nathan, este é Charles e esta é Camille, juntos iremos tratar sobre o tema: "Afinal quem é Jesus?".

— Primeiramente vamos recordar — assumiu Camille após seu companheiro se calar — uma pequena sigla que muito usamos hoje na disciplina de história, e talvez não apenas nela, que é a.C. e d.C., as duas famosas siglas que dizem: antes de Cristo e depois de Cristo. Ora, se essas siglas são tão usadas, é porque de fato Jesus Cristo não foi apenas um personagem bíblico, mas sim um homem que viveu assim como eu e vocês, porém em um ano diferente, em uma época diferente. Mas afinal quem é esse Homem?

— Jesus Cristo — assumiu Charles — foi um importante homem em seu tempo, os maiores relatos sobre sua vida se encontram descritos por quatro diferentes homens: Mateus, Marcos, Lucas e João, estes narram de diferentes maneiras a vida de Jesus.

— Há interessantes perguntas — disse Nathan — a respeito de Jesus, às quais queremos responder: por que esse homem ficou tão conhecido no mundo todo? Afinal o que ele fez pro seu nome se propagar com tamanha grandiosidade?

— Um fato extraordinário — disse Camille dando um passo à frente — sobre Jesus é que, segundo sua história, ele era 100% homem e também 100% Deus. Jesus, mais que um simples homem, ele é conhecido como o Filho amado de Deus. Jesus, como muitos livros e estudiosos afirmam, seria a segunda pessoa da Trindade. Ora, os relatos nos mostram que na Divina Trindade Deus seria "Um Deus em três", assim seria: Pai, Filho e Espírito Santo, e sendo Jesus essa segunda pessoa da Trindade: O Filho, foi ele concebido pelo Espírito Santo e nascido de uma mulher chamada Maria. Jesus era humano como nós, porém tinha dons sobrenaturais. Após se batizar, com 30 anos de idade, exerceu um ministério de anunciação do Reino do Céus, em seu ministério realizou muitos milagres e vários prodígios.

— Após seu batismo — iniciou Charles —, Jesus se torna ainda mais conhecido, seu nome se propaga por diferentes cidades e regiões, Jesus se torna um homem famoso, mas não somente isso, se tornou também um homem perseguido, alguns homens tidos como fariseus o perseguiam, mas não apenas estes, também outros grupos da época e essas perseguições duraram até a morte de Jesus.

— Com 33 anos — diz Camille —, Jesus, aquele que percorreu várias regiões, que tinha como ensinamento "amar o próximo" e como alerta "o reino dos céus está próximo, arrependam-se" vem a morrer, condenado por muitos, Jesus vive a dolorosa morte, pregado em uma cruz. Segundo os quatro evangelistas de que falamos no início: Mateus, Marcos, Lucas e João, Jesus Cristo ainda ressuscitou no terceiro dia após sua morte e incrivelmente subiu vivo e corporalmente ao céu.

Por fim Nathan fez um último relato:

— Um fato interessante sobre Jesus é que ele tinha 12 apóstolos e, após sua morte, 11 destes propagam firmemente o evangelho ensinado pelo próprio Cristo, com isso surgiram milhares de discípulos. Com o passar do tempo, foi dado a todos os ensinamentos de Jesus Cristo o nome de Cristianismo e aos que buscavam e buscam ainda os seus ensinamentos o nome de Cristãos. Bom, Encerramos aqui o nosso trabalho, uma observação que deixamos é que há muitas outras coisas a respeito de Jesus as quais precisaríamos de horas e horas para contar, existem milhares de outros fatos a respeito de sua vida, espero que tenham gostado, obrigado pela atenção — finalizou Nathan.

Ao fim da apresentação, todos da sala aplaudiram calorosamente os três jovens, a apresentação tinha sido realmente maravilhosa, a professora tinha demonstrado grande entusiasmo por ver um trabalho tão bem feito, os outros alunos tinham apresentado ótimos trabalhos, mas nenhum chegava a ser tão bem organizado, estruturado e tão rico como o daqueles três. Ao fim da aula, a professora chamou os três.

— Vocês arrasaram no trabalho, ficou maravilhoso, porém, vocês pegaram muitas coisas da Bíblia, praticamente tudo — disse a professora.

— Mas, professora, — retrucou Charles — é muito difícil falar de Jesus fora da Bíblia, sendo que esse é o livro que narra sua história de forma completa; convenhamos que grandes historiadores buscam a própria Bíblia como forma de estudarem a pessoa de Jesus; e da Bíblia podem até mesmo se originar novos livros sobre a pessoa de Cristo, mas sem dúvida alguma a maior referência de toda a vida de Jesus é a Bíblia.

A essas palavras a professora fez um breve silêncio como que pensando a respeito do que Charles havia dito, sabia que havia grandes verdades naquilo que acabara de ouvir.

— Tudo bem — disse a professora por último —, podem ir, vou analisar com mais calma e dou as notas a vocês.

Os três se despediram dela. Após a última aula, os jovens seguiram rumo à saída da escola. No portão de saída, Nathan e Camille se despediram de Charles; como os dois moravam no mesmo bairro, seguiram juntos, e Charles seguiu a direção oposta, que ia em direção a sua casa. Charles estava orgulhoso do trabalho que tinham feito e apresentado. E isso aumentou o seu ânimo pelo seu estudo pessoal sobre a pessoa de Jesus.

Um tempo doloroso

As aulas iam bem, Charles se dava muito bem com seus dois amigos: Nathan e Camille, no entanto, não se encontrava mais tão próximo de Pierre, porém, ainda assim mantinha um fiel contato com ele. Um dia, com Pierre, ambos conversavam normalmente sobre coisas rotineiras da escola e da vida:

— Então, Charles, sabe a garota que havia te falado antes? — disse Pierre.

— Sim — disse Charles depois de fazer um pouco de esforço para realmente se lembrar.

— Então, o nome dela é Emma, a gente se aproximou muito, ela é bem legal, posso contar com ela pra muitas coisas; depois de muitas conversas, ficamos afim um do outro e, então, a gente começou a namorar.

Charles demonstrou felicidade pelo amigo.

— Que bom — disse Charles —, fico feliz que tenha encontrado uma garota legal. Desejo muitas felicidades e que dê tudo certo.

— Obrigado, a gente tava conversando, se dando superbem, ela me entende, eu entendo ela, quando vi estava a fim de algo a mais que amizade. Falei a ela o que sentia e que queria ficar com ela, ela ficou surpresa e disse que ia pensar. E três dias atrás me deu a resposta, me deu o seu sim, ela disse que sentia o mesmo que eu sinto, mas tinha medo de tentar.

— Meus parabéns, que dê tudo certo — disse Charles.

Pierre estava contente pelo primeiro relacionamento amoroso e ainda mais feliz por seu melhor amigo tê-lo apoiado, conversaram um pouco mais, mas logo a sirene tocou indicando que era a hora de ambos irem para a sala.

Depois daquela conversa com Pierre, os dois despercebidamente passaram vários dias sem se aproximarem, Pierre, por sua vez, estava entretido com sua namorada e Charles com seus dois amigos. Charles permanecia com seu bom ânimo para leitura, estava lendo o Evangelho segundo Marcos. Frequentemente algumas dúvidas o visitavam, ele quase sempre recorria a Nathan e Camille, mas nem todas as respostas conseguia. Conforme o tempo ia passando, sua amizade com Pierre ia ficando cada vez mais distante, mas não era nada pensado e nem projetado pelos dois jovens, foi apenas algo normal e natural que foi se desenvolvendo.

Pierre cada vez mais se dedicava à sua companheira: Emma, já Charles, em sua rotina, seguia seus estudos e sua amizade com Nathan e Camille. Depois de dias sem conversarem, Charles e Pierre novamente se encontraram, conversaram, mas não muito, apesar de que ambos tinham muitos assuntos para falar, no entanto, parecia que as conversas não eram mais as mesmas, e mesmo com uma gama muito grande de assuntos, aquilo não era mais suficiente.

Charles comentou sobre suas experiências com a Bíblia e até tentou inspirar seu colega a também ler um pouco a Bíblia, contou-lhe sobre suas novas descobertas e experiências, Pierre por sua vez ouvia os contos e novidades de seu colega, porém, ainda assim mostrava pouco ou nenhum interesse em fazer o que seu amigo lhe indicava. Charles estava tão animado com o novo conhecimento que tinha absorvido a partir da Bíblia que estava insistindo muito com seu colega. Depois de muita insistência da parte de Charles, Pierre não reagiu muito bem e decidiu até mesmo se afastar um pouco do seu antes inseparável amigo. Pierre se afastou de forma muito cautelosa, mas isso não impediu que Charles percebesse seu afastamento.

Com o afastamento do seu colega, Charles até notou que Pierre estava descobrindo novas amizades, e por sinal não pareciam ser as melhores, então, em uma última e profunda conversa entre os dois jovens, Charles disse seriamente ao seu colega:

— Pierre, tome cuidado com as pessoas com que você anda. Veja para onde está remando seu barco, você é um rapaz inteligente, mas precisa ter cuidado — disse isso tentando alertá-lo sobre seus novos amigos.

Pierre era um jovem do bem, mas parecia que estava sendo influenciado pelos seus colegas e provavelmente pela sua namorada. Pierre até ouviu o alerta de Charles, mas não deu muita atenção.

— Estou tomando cuidado, Charles — disse Pierre, sem dar muita importância para o alerta do amigo.

Charles por sua vez insistia com Pierre, recomendava que ficasse em alerta a respeito das novas amizades, tentava levar Pierre a uma reflexão sobre o futuro. Pierre era tranquilo, mas não estava aguentando mais a insistência do seu amigo.

— Você se ausentou por muito tempo — disse Pierre estressado, depois de ouvir vários sermões de Charles — e agora quer pagar de sábio?

Charles naquele momento olhava para dentro de si e via seu fracasso como amigo, sabia que seu colega tinha razão em falar sobre sua ausência. Via suas falhas, mas sabia que queria apenas alertar seu colega sobre as amizades e sobre o futuro.

Depois daquela conversa, houve grande desconforto entre os dois, e ambos não sentiam mais ânimo de se aproximarem, Charles até fez um grande esforço, mas Pierre demonstrava estar desinteressado de qualquer contato com Charles, a amizade de anos estava chegando ao fim.

Charles sabia que estava perdendo seu melhor e fiel amigo, porém, ainda mais triste que isso era que Charles via claramente que aquele amigo por conta própria estava se perdendo. Por mais que estivesse perdendo o amigo, havia algo que Charles não estava perdendo: seu ânimo. Pensava que aquela amizade de anos não podia acabar tão fácil assim e não iria desistir do seu amigo, Charles era um jovem muito inteligente, crescia em sabedoria e conseguia tirar belas reflexões até em situações adversas, pois por meio do seu estudo bíblico e sua crença em Deus foi evoluindo de forma extraordinária. Charles tinha adquirido uma nova mentalidade, era um jovem mais ousado, que conseguia lidar melhor com algumas coisas que lhe aconteciam, seu humor estava revigorado. Os dias vinham, acompanhados de alegrias e também frustrações, mas Charles se mantinha firme, era um jovem competente que estava se transformando em um homem muito bem instruído.

Em uma segunda-feira, na aula de matemática, Nathan, Camille e o próprio Charles estavam conversando. Naquela conversa, acabou que de forma inesperada Charles sentiu um mal-estar, Nathan e Camille de imediato perceberam e lhe prestaram ajuda:

— Charles, está tudo bem? — perguntou Nathan, enquanto Charles estava se recompondo.

— Estar, é só uma tontura — disse Charles, quando estava um pouco melhor.

Os dois amigos recomendaram que se sentasse um pouco; depois de sentado, uma professora entrou na sala e, assim que ela terminou de dizer "Bom dia, Classe", inesperadamente Charles desmaiou; vendo aquilo Camille logo gritou:

— Professora, o Charles desmaiou.

Muitos alunos ficaram assustados, assim como também a professora. Mesmo assustada, a professora foi até Charles, mexeu nele e o chamou, mas de nenhuma forma ele reagiu. Logo chamaram uma ambulância, em pouco mais de 20 minutos ela chegou ao portão da escola e ainda desacordado Charles foi socorrido e levado ao hospital.

Seus pais rapidamente foram avisados do ocorrido e seguiram para o hospital, onde Charles ficou desacordado por volta de três dias, dormindo em um profundo sono. Durante os três dias desacordado, teve novamente um importante sonho com o senhor de nome Eu Sou; no sonho o senhor disse:

— Olha nós de novo aqui, Charles.

— O que houve? O que estou fazendo aqui? — perguntou o jovem desorientado, reconhecendo que não estava na escola. — Onde eu estou?

No sonho o lugar era um jardim, muito bonito, com árvores lindas e altas, com cantos bonitos e longínquos dos pássaros, debaixo das árvores havia mesas de madeira e assentos confortáveis, para relaxar, os variados tipos de flores soltavam doces aromas no ar, era um lugar muito tranquilo e gostoso de estar, no sonho o senhor e Charles estavam caminhando tranquilamente lado a lado por aquele jardim.

— Calma, Charles — disse o senhor —, vou te responder todas as perguntas, a primeira resposta é: você desmaiou na escola. A segunda é que: precisamos conversar, por isso está aqui; bom, a terceira não preciso nem responder, o lugar por si só se apresenta. Bem, você está dormindo agora no hospital, mas está aqui em Espírito — disse sorrindo. — Vejo que frequentemente tem buscado por mim e isso muito me alegra.

Naquele momento Charles ficou por uns instantes em silêncio, parecia profundamente concentrado em pensamentos e por fim disse como que de repente:

— Agora, sim, agora as peças se encaixam, esse tempo todo... — disse olhando para o rosto daquele homem, com seus olhos brilhando. — Você é Deus.

O senhor apenas riu, não confirmou nem discordou.

— Bem, meu querido Charles, Eu Sou o que Sou — foi o que disse.

Em sua descoberta, Charles queria tirar grande proveito, não pensou duas vezes e fez diversas perguntas, uma atrás da outra, mas se decepcionou ao ver que muitas não eram respondidas.

— Tem coisa, Charles — disse o senhor —, que está imensamente longe do seu entendimento, e mesmo que eu tente explicar da forma mais fácil e humanamente possível, levaria milênios para você ter uma superficial compreensão, eu sinto muito, mas existem infinitas coisas que fogem da sua realidade.

Charles entendeu que eram mistérios por cima de mistérios, e estes eram atraentes aos seus olhos, mas logo se conformou. Para sua alegria, muitas perguntas também tiveram suas devidas respostas. Mas por fim o senhor olhando-o atentamente nos olhos disse:

— Charles, precisamos conversar sobre uma coisa — disse sério. — Meu filho, as coisas irão ficar um pouco mais difíceis agora. Peço que confie em mim, estarei o tempo todo com você, vai ser árduo, mas se você confiar em mim tudo dará certo.

Ao som daquelas palavras, Charles manteve-se em silêncio por um tempo. Apenas pensava consigo: "Se para muitas das perguntas que fiz não obtive resposta, imagina sobre coisas que estão por vir...". Conhecendo o pensamento de Charles, o Sábio senhor apenas disse:

— Continue meditando nas escrituras, Charles, haja o que houver não as deixe.

— Eu confio em você, farei como você me diz — disse Charles confiante.

Após um sorriso do senhor, uma forte claridade brilhou entre Charles e Ele, com aquilo o jovem acordou no mundo real e percebeu que estava deitado em uma cama de hospital, viu que estava com um aparelho no seu braço e outros à sua volta, ficou pensando sobre o sonho e se iria acontecer realmente algo, ou se era apenas fruto da sua imaginação, mas por fim deu votos de confiança à mensagem do sonho e concluiu que aquele sonho não era apenas um sonho como qualquer outro. Pouco depois seus pais entraram na sala, levados por uma enfermeira, que havia percebido quando Charles tinha acordado.

Joseph e Margarida ainda não haviam recebido o diagnóstico do médico e a alegria foi imensurável quando puderam ver Charles acordado e ouvir da boca dele que estava bem. Charles em seu consciente lembrava perfeitamente de cada momento do seu sonho, cada palavra e gestos, mas nada comentou com seus pais. Um pouco depois, o médico entrou também na sala, alegrou-se por ver Charles acordado e demonstrando estar muito bem. Depois de conversar abertamente com Charles, animando-o, fez uma pausa, olhou para Joseph e Margarida.

— Joseph, Margarida — disse o médico —, podemos conversar um pouco na minha sala?

— Claro — confirmou Joseph.

— Filho, já voltamos — disse Margarida olhando para Charles.

Logo em seguida, foram para a sala do doutor. Na sala o médico sentou-se na sua cadeira e disse gentilmente:

— Sentem-se, por favor.

Assim fizeram e o médico começou a falar:

— O diagnóstico do Charles não é tão bom quanto esperávamos, encontramos nele — fez uma pausa, olhou profundamente nos olhos dos pais e por fim disse de forma triste — um câncer, o câncer de pulmão.

— Mas tem como remover? — perguntou Joseph desapontado com a notícia.

A resposta desanimada e triste do médico foi apenas uma lenta balançada de cabeça, como resposta negativa.

— Não podem fazer nada? — perguntou Margarida revoltada.

— Eu sinto muito, mas está muito avançado — disse o médico demonstrando grande tristeza.

Nada demorou e penosas lágrimas escorriam dos olhos de Margarida; Joseph, por mais perplexo que estivesse, consolou sua esposa. O médico por último disse:

— Eu sinto muito, mas não é o fim. Iremos fazer alguns exames mais detalhados e iremos dar início aos tratamentos.

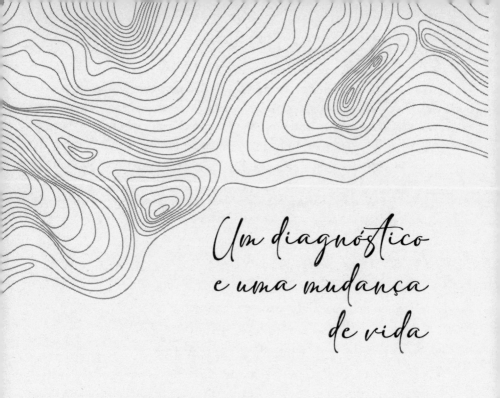

Um diagnóstico e uma mudança de vida

Naquele mesmo dia, Charles recebeu alta, porém, saiu do hospital sem saber nada a respeito do seu diagnóstico; no entanto, por descuido de seus pais, Charles percebeu um certo abatimento entre eles; no caminho não falou nada sobre o que percebeu e assim chegaram em casa. No hospital o médico pediu que em casa conversassem com calma com o jovem; em casa Charles sentia que seus pais tinham algo que queriam lhe falar, mas nada perguntou; até certo momento, não perguntou nada que fosse em relação ao hospital, esperava que partisse deles e dessa forma ocorreu. Depois de cerca de duas horas em casa, Joseph e Margarida estavam mais calmos e poderiam conversar de forma mais saudável com o filho. Charles estava em seu quarto, deitado em sua cama olhando para o teto, não estava ocupado, apenas distraído, a porta de seu quarto estava aberta:

— Filho — disse Joseph, batendo três vezes devagar na porta, com sua esposa atrás de si —, podemos entrar?

— Claro, pai — disse Charles.

— Precisamos conversar, filho — disse Margarida.

— E não é — disse Joseph — uma conversa tão boa como gostaríamos.

— Estou vendo, vocês estão muito sérios — disse Charles. — Fiz algo de errado?

— Não — disse Joseph.

— É sobre o hospital — disse Margarida.

— Alguma coisa errada? — perguntou Charles.

Seus pais confirmaram com a cabeça.

— É o meu diagnóstico? — perguntou Charles.

— Você está doente, filho — disse Joseph —, e é uma doença séria.

Charles ficou olhando para seus pais, sua mãe parecia querer chorar naquele momento.

— Você está com câncer, filho — disse sua mãe desabando em lágrimas.

Naquele momento Charles se deu conta de que as coisas eram mais sérias do que pareciam.

— Mas como? — perguntou Charles profundamente triste.

Charles se viu mergulhado em imensa tristeza, seu pai estava abraçando sua mãe, mas logo esticou o braço e abraçou também seu filho, que naquele momento estava em lágrimas.

A família Tyler nunca havia passado tamanha tristeza. Depois de um tempo, Charles com voz desanimada perguntou:

— Mas e agora o que irei fazer?

— Você vai fazer o tratamento — disse seu pai —, vai continuar sua vida normal e tudo vai dar certo.

— Vida normal? Como assim vida normal? A minha vida acabou, pai. Eu tô com câncer — disse o jovem, com amargura e sem nenhuma esperança.

Seus pais imaginavam o tamanho da sua dor, sabiam que naquele momento nenhuma palavra que dissessem iria melhorar ou acalmar o filho. Os três permaneceram cerca de duas horas dentro daquele quarto, sentados na cama de Charles; às vezes, ainda que tristes, conversavam sobre qualquer coisa, Charles quase não interagia; em outros momentos, ficavam calados por grandes minutos.

Os dias foram passando e Charles parecia estar de luto, não era o mesmo jovem nem com os seus bons amigos Nathan e Camille, estava distante e não dirigia palavras a eles, nas aulas se mantinha sozinho no canto. Seus amigos falavam normalmente com ele, mas ele reagia de forma fria e desprezível, muitas vezes perguntavam o que ele tinha, o que havia acontecido para ele agir daquela maneira, mas sua resposta era sempre a mesma, "não foi nada".

Em uma manhã comum de aulas, seus dois amigos estavam cansados de apenas receber "não foi nada" como resposta, sabiam que mereciam mais que isso, e os dois estavam dispostos a arrancar de qualquer forma (menos com violência) a verdade de dentro de Charles. Queriam saber de qualquer modo o que estava acontecendo; naquela manhã, estando eles e também alguns alunos em sala, Nathan foi até Charles e disse:

— Charles, eu e a Camille sabemos que você não está bem, talvez esteja passando por algo difícil, só queremos te ajudar, mas fica ainda mais difícil se você não compartilhar com a gente.

— Não é nada, Nathan, só quero ficar quieto no meu canto — disse Charles como se quisesse dispensar qualquer ajuda, mesmo que viesse de seus amigos.

— Charles, você não é mais o mesmo — disse Nathan —, depois que você voltou do hospital está assim, tá na cara que aconteceu alguma coisa e é algo muito sério.

— Me deixe em paz, Nathan — disse Charles com a voz baixa.

— De alguma forma, vamos tentar te ajudar, Charles — insistia Nathan.

Naquele momento Charles se alterou um pouco e levantando da sua cadeira disse com desprezo:

— Me ajudar? Quer dizer que você vai me ajudar? Já que você quer tanto saber o que eu tenho: eu tô com câncer, Nathan, tá bom pra você? — disse tão alto que alguns colegas que estavam à sua volta conseguiram ouvir cada palavra.

Charles nunca tinha falado daquele jeito com ninguém, naquele momento escorreram duas lentas lágrimas de seus olhos.

— Apenas me deixa em paz — disse Charles por último, enquanto passava a mão em seus olhos, tentando enxugar as lágrimas. Nathan ficou em pé até Charles se sentar, e nada disse enquanto estava na frente do amigo, mas depois de um tempo seguiu triste e abatido para sua carteira.

Chegando, sentou-se, logo depois Camille chegou onde ele estava.

— Como foi lá? Conseguiu alguma coisa? — perguntou Camille.

Nathan estava muito triste e explicou toda a situação para Camille, que por sua vez ficou arrasada, Nathan ficou todo o tempo procurando uma possível solução para aquele problema pelo qual seu querido amigo estava passando. No intervalo, Charles não saiu da sala, se não fosse por seus dois amigos, que propositalmente não saíram, estaria ali sozinho.

— Ainda não é o fim, Charles, e você não está sozinho — disse Nathan, ao chegar com Camille na carteira de Charles.

— Me deixa em paz — disse Charles de cabeça baixa.

Quando os dois chegaram, Charles estava de cabeça baixa. Mesmo depois de Nathan falar, Charles ainda permaneceu de cabeça baixa.

— Ainda não é o fim, meu amigo — disse Nathan.

— Charles, sabemos da sua dor — disse Camille — e estamos aqui para te ajudar.

Quieto estava, quieto permaneceu, não dizia nada para seus dois amigos, independentemente do que eles dissessem, Charles se mantinha em silêncio. Depois de algum tempo, ouviu seus dois colegas se afastarem, Charles no entanto, ficou ali de cabeça baixa por um momento e quando levantou viu que dentro daquela sala espaçosa estava apenas ele.

No pátio da escola, Camille e Nathan conversando decidiram deixar Charles respirar um pouco, mas de forma alguma iriam abandoná-lo. Deixaram o amigo respirar por um dia, e depois resolveram ir até ele e tentar ao menos conversar, Charles ainda estava desanimado e queria pouca conversa, na verdade nenhuma conversa.

Seus amigos percebiam que aquilo estava indo longe demais. Para Charles realmente era algo que precisava de um longo tempo de compreensão e aceitação, pois o câncer lhe tinha causado imensa tristeza e amargura. Mas como tinha bons amigos nem tudo estava perdido. Charles parecia tentar romper todo e qualquer ciclo com Nathan e Camille. Estava difícil um contato com Charles, pois ele ainda estava muito triste e abatido, no entanto a esperança de Nathan e Camille ainda não havia acabado, para os dois já estava na hora de mudar a forma de viver aquela situação e estavam trabalhando insistentemente para que isso ocorresse.

Um dia na escola, estando apenas Charles dentro da sala, Nathan e Camille vieram e ficaram na porta observando o amigo, que estava de cabeça baixa. Ali observando Charles sentado com seu rosto sobre a mesa, decidiram que aquela era a hora de agir mais uma vez. Entraram na sala, Charles ouvindo o som dos passos levantou um pouco o rosto, pensava ser algum(a) professor(a), mas vendo que eram seus dois insistentes amigos voltou a inclinar a cabeça sobre a mesa. Dentro de alguns segundos, sentiu os passos rumarem em sua direção, e logo foi surpreendido com uma mão em seu ombro, e uma voz que dizia:

— Charles, eu queria poder estar no seu lugar para sentir exatamente tudo o que você está sentindo — disse Nathan com a mão apoiada sobre o ombro de Charles.

Charles permaneceu da mesma forma, em silêncio e de cabeça baixa, Nathan tirando a mão do ombro sentou-se na cadeira da frente e Camille na cadeira do lado direito de Charles.

— Sabe uma coisa que eu aprendi com o Cristianismo? — disse Camille esperando que Charles reagisse, porém ele continuou calado, mas ela continuou: — Grandes homens de fé recebem grandes fardos, grandes batalhas.

Pegando nas mãos de Charles, Camille continuou:

— Deus só permite um mal quando pode tirar um bem maior.

Charles estava esquecido da sua última conversa em sonho com o sábio senhor, mas as palavras ditas por Camille lhe tinham refrescado profundamente a memória e fortes lembranças vinham à sua mente, naquele momento se deu conta de que realmente as coisas não estavam perdidas, porém nada disse aos amigos, permaneceu quieto e em silêncio.

— Charles, você já leu alguns dos evangelhos — disse Nathan. — Sabe, os planos do Senhor para nossas vidas muitas vezes não conseguimos compreender, mas como nos lembra a sagrada escritura: "meu filho, se entrares para o serviço de Deus, permanece firme na justiça e no temor, e prepara a tua alma para a provação". Não esqueça, Charles, você não está sozinho, Deus está contigo e nós também.

Como não ouviram a voz do colega em nenhum momento, acharam que era a hora de ir.

— Vamos — disse Nathan olhando para Camille.

Camille nada disse, mas se levantou da cadeira.

— Vocês estão certos — disse Charles, finalmente rompendo aquele silêncio, antes que eles fossem embora. — Me desculpem pelo desprezo com o qual os tratei. Pra mim não está sendo fácil — disse emocionado e chorando.

— Claro que não está — disse Camille — e é por isso que estamos aqui, não iremos te deixar.

— Obrigado, obrigado por estarem aqui, por não terem ido embora quando eu fui tão rude — disse Charles limpando as lágrimas.

— Amigos são pra essas coisas, Charles — disse Nathan tentando animar o amigo.

Naquele instante os três jovens se abraçaram.

— Isso é o início de uma nova jornada — disse Nathan —, não o fim de uma amizade, e se o amanhã vier aqui estaremos juntos, conte conosco, meu amigo.

Charles, que por vários dias havia aprisionado o sorriso, agora estava libertando-o, os seus amigos não tinham acabado com o seu maior problema, mas talvez tivessem dado conta de um outro um pouco menor: como viver com aquela dor. Naquele dia, naquela sala, a amizade daqueles três voltou a ser o que era antes, sorriram bastante como antes, mas logo a conversa foi interrompida por conta do professor que entrou em sala, Nathan e Camille seguiram felizes para suas carteiras, sabiam que tinham com ajuda divina ressuscitado a alegria de um precioso amigo, Charles estava feliz por não ser abandonado e por ter excelentes amigos ao seu lado. Charles não havia esquecido do câncer, apenas tinha visto que os motivos para sorrir ainda estavam tão vivos quanto ele; havia dias que não tocava na Bíblia, mas aquela conversa encorajadora que tivera com seus maravilhosos amigos o fez retornar e não perder as esperanças.

Nem tudo foi por água abaixo

Ao retomar seu estudo bíblico, Charles tinha visto que o câncer ainda não era o fim e que sorrir era mais que possível. Seu novo lugar de estudo estava sendo ainda mais frequentado, e pelos planos de Charles não seria apenas ele que ali iria se fazer presente. Charles sabia o quanto era bom conversar com Nathan e Camille, com isso há dias formulava um convite carinhoso e sincero a seus dois amigos. Iria convidá-los a irem no seu doce lugar de leitura, para conversarem e apreciarem a tarde.

Na escola, em uma conversa simples, Charles, mudando totalmente o assunto, disse:

— Nathan, Camille — esperou os dois olharem para ele —, há dias quero fazer um convite a vocês.

— É aniversário? — perguntou Camille rindo. — Estou mesmo a fim de bolo e salgados.

— Não, não desta vez — disse Charles sorrindo. — É outra coisa, uma coisa muito boa. Não muito longe da minha casa, tem um lugar bem tranquilo, muitas vezes gosto de ir para lá, para estudar e apreciar o pôr do sol, é um lugar gostoso. Queria saber se vocês gostariam de se reunir comigo nesse lugar para conversarmos, estudar, ver o pôr do sol... O que vocês acham?

— É um convite muito generoso — disse Camille. — Seria já para hoje ou você prefere marcar um dia específico?

— Para ser sincero, eu espero de vocês, o dia que vocês puderem, a gente vai — disse Charles.

— Assim será melhor — comentou Camille. — Mesmo porque hoje eu não posso, tenho que ajudar minha mãe com algumas coisas.

— Creio que hoje também não consigo, mas que tal na quinta? — disse Nathan.

— Para mim parece bom — confirmou Camille.

— Perfeito, podemos até levar alguns lanches — disse Charles animado.

— Maravilha — concordou Nathan.

Os jovens conversaram um pouco mais e logo seguiram para a sala, era uma terça-feira, os três estavam ansiosos pelo encontro na quinta-feira, Charles certamente um pouco mais que seus colegas, Nathan e Camille estavam curiosos sobre o lugar. Apesar de ter ao seu lado dois bons amigos, Charles ainda pensava no bom amigo que havia perdido: Pierre. Com frequência via Pierre na escola, mas não trocavam uma só palavra; não por gosto de Charles; Pierre havia mudado e continuava mudando muito por conta de sua namorada, e também por conta de seus novos amigos, que mostravam muito bem que não eram das melhores influências. Charles notava que seu antigo amigo estava se perdendo aos poucos, e doía ver anos de amizade se diluírem tão facilmente.

Era preocupante a situação de Pierre, mas ainda havia coisas boas e alegres para se pensar: por exemplo, a tarde de quinta. Como num piscar de olhos, chegou a quarta-feira, foi um dia tranquilo na escola; logo chegou a quinta-feira e novamente na escola Charles confirmou com os dois amigos a ida ao local marcado; estava tudo certo, e seus dois colegas se encontravam animados. Após as aulas, um pouco mais tarde, Nathan e Camille seguiram para a casa de Charles; ao chegarem à casa do amigo, o encontraram muito bem-preparado os aguardando; antes de seguirem para o local, Charles por último pegou sua mochila; após isso seguiram finalmente para o lugar; como não era muito distante dali, gastaram apenas cerca de seis minutos até chegar. Ao chegar, Nathan e Camille se depararam com um lugar realmente bonito e relaxante, e viram que Charles não tinha exagerado nem um pouquinho quando lhes descrevia o lugar.

Aquele lugar continha uma paz e uma tranquilidade inegociáveis, Nathan e Camille nunca haviam desfrutado de tamanha tranquilidade, brisa suave e calmaria, ou se tivessem desfrutado de algo semelhante não recordavam. Ali leram, conversaram sobre variados assuntos, fizeram algumas reflexões sobre a pessoa de Cristo e sobre a sagrada escritura, lancharam e por fim apreciaram a bela brisa da tarde e o lindo pôr do sol ao fim do dia. Uma tarde como aquela era de alto valor para aqueles jovens.

Chegada a manhã de sexta-feira, a conversa do dia anterior não havia acabado, e ali estavam eles retomando os valiosos pontos que tiveram naquela tarde, a ida àquele lugar prazeroso era o maior assunto entre os três.

— Charles, como você chama aquele lugar? — perguntou Camille curiosa e animada.

Charles ficou calado, estava pensando "mas precisa dar um nome?", por fim respondeu à sua amiga:

— Olha, eu nunca dei um nome, mas costumo pensar "lugar prazeroso" quando se trata daquele lugar.

Seus dois colegas sorriram ao ouvir aquelas palavras. O próprio Charles se rendeu também aos risos com eles, e confessou que nunca havia passado na sua cabeça a ideia de dar um nome ao local.

— Tá aí uma coisa que precisamos: dar um nome — disse Camille.

— É uma boa ideia — disse Charles.

— Que tal Éden? — sugeriu Nathan.

— Ah, melhor não — disse Camille discordando —, vamos pensar em outra coisa — disse rindo, enquanto olhava para Nathan —, que tal nos reunirmos novamente lá amanhã? — disse por último.

— Para mim parece ótimo — Charles disse animado.

— Suas palavras são as minhas — disse Nathan, sorrindo enquanto olhava para Charles. — A que horas?

— Que tal o mesmo horário de ontem? — sugeriu Charles.

Nathan e Camille concordaram e assim estava marcado para sábado a partir das 15h.

Chegada a manhã de sábado, Charles ajudou seu pai com algumas coisas.

— Filho, na segunda-feira teremos que ir ao hospital — disse Joseph —, você vai fazer alguns exames e iremos receber algumas orientações sobre seu tratamento.

— Tudo bem, pai — disse Charles sem muita confiança.

— Não precisa ter medo, filho, vai dar tudo certo — disse Joseph segurando no ombro do filho.

— Vai sim, pai — disse o jovem.

Joseph o abraçou e disse:

— Filho, eu e sua mãe te amamos muito, estamos contigo e sempre estaremos, nunca esqueça disso.

— Eu sei, pai, também amo vocês — disse no conforto dos braços do pai.

Unidos em um sincero e carinhoso abraço, eles viveram um momento único entre pai e filho, depois disso sorriram após ouvir um grito severo de Margarida dizendo: "O almoço está pronto".

— Vamos lá, antes que ela grite outra vez — sugeriu Joseph sorrindo.

Seguiram para o almoço e, depois, Charles se ocupou, fez pequenas coisas até que desse o horário em que seus amigos chegassem. O tempo passou rápido e Charles não se deu conta, logo mais Nathan e Camille estavam sendo recebidos por Margarida, ela gritou por Charles, ele logo veio, cumprimentou seus dois amigos e os apresentou formalmente à sua mãe, após isso não demoraram muito e seguiram para o "lugar prazeroso".

Chegando ao lugar, os jovens relaxaram, conversaram longamente e deram longas risadas. O lugar realmente parecia perfeito e estar acompanhado de excelentes amigos o deixava ainda melhor, não tinha o que se reclamar daquele lugar.

— Já sei — disse Nathan de repente.

— O que foi, Nathan? — perguntou Camille curiosa.

— O nome do lugar — respondeu Nathan —, estava aqui pensando, o que acham de Sinai?

— Sinai? — perguntou Charles, como se nunca tivesse ouvido aquela palavra e, de fato, nunca tinha mesmo.

— Sim, Charles, o que acha? — disse Nathan.

— É um nome diferente — disse Charles. — Onde ouviu?

— É um famoso monte retratado na Bíblia, Charles — disse Camille lhe explicando. — Sabe Moisés?

— Sim — disse Charles.

— Então, Sinai era o monte ao qual Moisés subia e conversava com o próprio Deus — disse Camille mais uma vez, explicando a Charles.

— Nesse monte — disse Nathan — Moisés ficou 40 dias recebendo orientações do próprio Deus, foi nesse monte que Moisés recebeu as tábuas dos dez mandamentos escritos com o dedo do próprio Deus.

Charles ficou admirado com aquele conhecimento passado pelos seus colegas, percebeu também que as grandiosidades de Deus iam muito além do que ele podia imaginar. Achou fantástica a história que instantes atrás tinha sido relatada pelos seus colegas. Por fim exclamou:

— Uau, fascinante. É muito impressionante tudo isso.

— O Antigo Testamento é muito rico, Charles — disse Nathan.

— Você nem imagina — disse Camille —, mas continua lendo o Novo Testamento, após terminar ele, você desfruta da riqueza do Antigo Testamento.

Depois dessa conversa, aproveitaram um pouco a brisa suave da tarde. E por fim todos estavam de acordo com o nome Sinai para o lugar, até mesmo Charles, que apenas a instantes atrás ouviu pela primeira vez o nome Sinai.

A vida com o Sinai

As coisas iam bem, mesmo com câncer Charles estava se mantendo firme, de certo modo parecia que a amizade com Nathan e Camille era o seu melhor remédio para aquele momento, e os passeios no Sinai eram como um belo tratamento, que Charles não se cansava nem um pouco de exercer. Seguia também com bom ânimo o tratamento médico, apesar de as novidades sobre o avanço do tratamento serem escassas, aquilo não parecia abater tanto o ânimo do jovem.

Seguiam firmes seus estudos e como um sopro se aproximava o fim do ano; pois rápido como um raio, chegou o mês de outubro. Com frequência Charles esbarrava com seu antigo amigo Pierre, no entanto, nenhuma palavra saía dos lábios de ambos, nem um simples e pobre "oi" se podia ouvir entre os dois naqueles dias. A partir de seus estudos bíblicos, Charles foi se tornando um rapaz muito corajoso e convicto. O câncer realmente era algo amedrontador, mas isso não significava que Charles tivesse que se render aos seus danos. Ao lado de jovens como Nathan e Camille, a certeza de um olhar mais saudável em relação à vida, por mais que estivesse enfrentando um dragão, era o que mais acontecia positivamente para o jovem Charles.

Em uma rotineira manhã na escola, Charles viu-se pensando bastante em Pierre, seu antigo amigo, e sentiu um forte desejo de falar com ele, ao menos perguntar como estava. A partir daquele desejo, se recolheu em alguns pensamentos, talvez até profundos pensamentos, sobre sua antiga amizade com Pierre. Na segunda aula daquele dia, em seu coração, Charles se deparou com uma leve inquietação, que acabou que lhe roubando grande atenção e naquela aula, não conseguiu se concentrar como de costume. Após o fim da aula, aproximou-se dos dois amigos.

— Sinto que preciso falar com Pierre — disse Charles para os dois colegas. — Vieram em minha mente fortes pensamentos a respeito dele, esses pensamentos me deixaram preocupado, até mesmo não consegui me concentrar na aula.

— Estranho — disse Camille. — Mas provavelmente é porque vocês não conversam mais. Vocês eram grandes amigos, isso deve estar mexendo com você, Charles.

Camille e Nathan sabiam muito bem da antiga amizade entre Charles e Pierre, e naqueles dias conheciam muito bem as condições em que aqueles dois jovens estavam vivendo.

— Vocês acham que é uma ideia ruim arriscar falar com ele? — perguntou Charles.

— Eu não sei — disse Nathan —, mas vocês eram melhores amigos, talvez ele te escute, a amizade que vocês tinham não morreu assim tão rápido.

— Não é certeza, mas talvez depois da próxima aula eu vá atrás dele e tente falar com ele — disse Charles.

— Boa sorte, Charles, e tenha cuidado — disse Camille.

Depois disso Charles seguiu para sua carteira, Nathan e Camille permaneciam olhando para ele enquanto caminhava até a cadeira.

— E se for o Senhor querendo usar de Charles para ganhar Pierre? — disse Nathan.

— Pode até ser, o Senhor tem suas formas de trabalhar — respondeu Camille.

Depois disso os dois mudaram de assunto, após alguns segundos uma gentil professora entrou em sala, era a doce professora de geografia, a senhorita Vitória, os dois amigos e toda a classe se concentraram na aula. As aulas da senhorita Vitória sempre eram divertidas, os alunos não se cansavam de suas aulas, eram tão legais aquelas aulas que pareciam até passar mais rápido que todas as demais. Aquela aula foi rápida como um raio, quando menos esperavam a aula estava no fim.

Com o fim daquela aula, Charles levantou de sua carteira, olhou para os dois amigos, que ainda estavam em suas cadeiras, fez um sinal notificando que iria caminhar um pouco, eles sabiam o motivo, e assim Charles fez. Caminhava como quem não quer nada, mas sabia bem o que procurava, ou melhor, quem procurava. Depois de incontáveis passos, enfim encontrou seu alvo, estava com uma turma de jovens que não pareciam ser tão amigáveis. Charles queria de qualquer forma falar com Pierre, no entanto, sabia que para isso teria que passar por aquela turma de alunos que pareciam nada gentis, estava decidido e seguiu na direção de Pierre, mesmo com alguns maus olhares à sua volta, não hesitou e, por mais que tivessem passado semanas em que não trocaram uma só palavra, ele se aproximou e disse:

— Pierre, preciso falar com você.

Pierre por sua vez nada disse de imediato, estava achando estranho, o que Charles poderia estar fazendo ali, sendo que havia dias e até mesmo semanas que não trocavam uma sequer palavra.

— Pode falar, Charles — disse Pierre sem muita preocupação.

— Aqui não — disse Charles um pouco sério —, preciso falar apenas com você.

Essas palavras de Charles fizeram alguns dos que estavam à sua volta rirem e comentarem:

— Quem ele pensa que é?

Mas, para surpresa de alguns companheiros de Pierre e também do próprio Charles, Pierre disse:

— Ok, vamos.

Charles ficou surpreso por ele aceitar, pois estava ciente de que Pierre podia livremente recusar o seu pedido e em seus pensamentos até imaginava que ele iria recusar.

A cerca de 22 metros de distância da turma, havia um banco, este estava vazio, seguiram para lá, depois de se sentarem, Pierre questionou:

— Então, Charles, o que você quer?

— Sei que é estranho — disse Charles —, há muito tempo não nos falamos, mas hoje alguns pensamentos a seu respeito me vieram à mente e algo dentro de mim me dizia que precisava o quanto antes falar contigo.

Pierre não demonstrou muito interesse pela declaração de Charles.

— O que tem feito? — perguntou Charles. — Como você está?

— Estou bem — disse Pierre —, fiz novos amigos.

— Estou vendo — disse Charles.

— Era só isso que você queria? — perguntou Pierre.

— Quero te ajudar — disse Charles.

— Me ajudar? — perguntou Pierre.

— Sim — confirmou Charles. — Não estou aqui pra te julgar, mas eu sei que você não é mais o mesmo, está se envolvendo com pessoas erradas, e você não é assim, você não é.

— Está criticando os meus amigos? — perguntou Pierre, nada contente.

— Não, não é isso...

— Ouça, Charles, quem você pensa que é? Há dias ou semanas não nos falamos. E hoje do nada você vem com esse papinho. Tá pensando o quê? Tá achando que eu sou trouxa?

— Não, não — disse Charles na esperança de que Pierre se acalmasse um pouco. — Eu sei que é bizarro, mas não estou falando isso por mal.

— É — disse Pierre furioso —, não está — disse com desprezo —, me deixa em paz — disse enquanto virava as costas e seguia para onde estava sua turma à sua espera.

Charles nada pôde fazer a não ser se chatear com aquele atrito, Pierre por sua vez simplesmente seguiu nada contente para sua turma de colegas. Após um tempo, Charles saiu daquele banco, mas não foi diretamente para a sala, sentou-se em um outro, onde ficasse longe das vistas de Pierre e sua turma. Sozinho naquele outro banco, pensava na situação que acabava de vivenciar, continuava acreditando que Pierre era o mesmo menino bom e que estava apenas tendo influências erradas. Depois de algum tempo, ouviu a sirene da escola tocar e seguiu um pouco abatido para a sala. Chegando à sala, seus dois amigos perceberam que parecia um pouco cabisbaixo, em seguida entrou um professor em sala, assim esperaram a aula acabar e então seguiram até a carteira de Charles, perguntaram como tinha sido, se tinha dado tudo certo com Pierre, a resposta de Charles foi que esperava que tivesse sido melhor, explicou que foi uma conversa sincera da parte de ambos, e que aquilo que ouviu do colega o fez pensar.

Novo amadurecimento

Conforme o tempo passava, Charles naturalmente ia amadurecendo e se tornava ainda mais responsável; apesar de ser um pouco introvertido, era um garoto bastante reflexivo e gostava de tirar aprendizados dos acontecimentos que lhe ocorriam. Com isso não demorou muito a perceber e entender que nem tudo (e principalmente nem todos) dependia dele e que poucos aceitavam sua ajuda. Sabia que o mundo feito por Deus sem dúvida alguma é belo, mas as pessoas que nele habitam nem sempre contribuem para que a beleza deste mundo seja percebida e usufruída por todos.

Um jovem, com câncer, filho único, dotado de generosa inteligência, que muitos julgavam ter pouco tempo de vida e que poucos tinham sua nobre amizade, assim era Charles, e ainda assim alguns notavam naquele silencioso jovem um caráter de adulto, era notável sua compaixão por aqueles que mostravam seus sofrimentos. Alguns, que notavam essa compaixão do jovem e que sabiam que ele padecia de um câncer, era comum que pensassem: "Mas não é ele mesmo que mais precisa de compaixão?"; outros mais diziam: "Vai entender esses jovens de hoje"; e por fim alguns até compreendiam e se impressionavam dizendo: "Precisamos de pessoas assim, pois o mundo já tem maldade demais".

Charles já havia ouvido rumores como esses pela escola, a princípio somente os professores sabiam sobre sua triste doença, mas de forma inesperada praticamente todos já sabiam sobre a real condição do jovem naqueles dias, boatos iam e vinham a respeito de Charles, mas eles não o atingiam, não o afetavam. Depois de anos de estudos, finalmente restava pouco tempo para a formatura de Charles e seus colegas. O tempo era breve e muito precioso.

Charles seguia fazendo o tratamento contra o câncer, o progresso era lento, e Charles estava bem ciente de sua condição, naqueles dias apenas resolveu viver ao invés de se frustrar, seguia seus estudos escolares e também bíblicos, tão positivo que era de se admirar. As idas ao Sinai se tornaram seu rotineiro costume, ele, Nathan e Camille pareciam jamais se cansar daquelas tranquilas tardes no Sinai e de dezenas de vezes contemplarem o belo pôr do sol ao fim do dia. Como sempre, no Sinai o que mais acontecia eram longas e saudáveis conversas, falavam profundamente sobre a Sagrada Bíblia e também sobre outros assuntos; Charles, que há pouco tempo havia começado a ler a Sagrada Escritura, agora se encontrava cheio de sabedoria e com um novo e vivo ânimo.

Bom, mas é claro que, mesmo sendo um jovem tranquilo e por um lado animado, mesmo em relação ao momento delicado que estava vivendo, Charles vez ou outra estava acompanhado da tristeza, seu ânimo sem avisar por vezes tirava algumas férias, para sua sorte o bom é que não eram férias longas, mas sim coisa de poucos dias ou horas. O fato é que ninguém está isento de desânimos, e disso o jovem Charles já tinha uma certa ciência, pois por vezes assim como todos nós ele também experimentava o sintoma escuro da tristeza. Bom, todos temos algo especial. E o que havia de especial no jovem Charles era notado de longe: no topo dos seus 17 anos, aquele adolescente simples vivia grandes reflexões e, apesar de suas consternações momentâneas, ele via e vivia um ânimo que nem a escola e seus pais conseguiram proporcionar-lhe.

Apesar de Pierre não querer nenhum contato com seu antigo melhor amigo, isso não significava que Charles estivesse obrigado a desistir dele, de se aproximar e até mesmo de lhe ajudar ou ao menos tentar. Por mais que não soubesse como, Charles queria de alguma forma se aproximar de Pierre; desde os últimos acontecimentos, Charles estava pensativo e queria encontrar alguma maneira de ajudar seu antigo amigo. Afinal, pelo tempo de amizade que haviam vivido, Charles julgava conhecer muito bem Pierre, e de forma alguma queria ou iria simplesmente lhe virar as costas.

Charles tinha como companhia seus dois inteligentes amigos; resolveu novamente conversar com Camille e Nathan e com eles teve a mesma conversa que antes tiveram na sala de aula. Pediu-lhes ajuda para tentar a aproximação com Pierre, eles a princípio não achavam ser uma das melhores ideias, porém ainda assim resolveram tentar. Dessa forma, depois de alguns dias e várias conversas, formaram um plano.

O código

Provavelmente grande parte dos melhores planos que se pode desenvolver seja por meio de uma dedicada atenção aos pensamentos e isso foi o que aconteceu com Charles, o jovem se empenhou exatamente em formular uma ideia que fosse boa o suficiente para conseguir ao menos a atenção de seu antigo amigo. Depois de mais de dois dias pensando em uma possível solução, finalmente em uma tranquila tarde no Sinai com seus dois companheiros, analisando como de fato poderia chamar a atenção de Pierre, algo concreto surgiu na mente de Charles. Bom, nada falou aos seus colegas de imediato, e como já estavam se preparando para seguirem para casa, Charles optou por nada contar ou propor como plano naquele momento. Antes do sol se pôr, Camille e Nathan precisavam seguir para casa, pois Camille teria um compromisso familiar naquela noite, e Nathan de forma alguma iria permitir que ela fosse sozinha, como um generoso amigo fez questão de acompanhá-la, coisa essa que já era abertamente frequente.

Estando prontos para seguirem para casa, chamaram Charles para que fossem juntos e que ele não ficasse ali sozinho, afinal de contas tinham ido os três juntos.

— Podem ir, ficarei um pouco mais — disse Charles aos colegas.

— Vai mesmo ficar? — perguntou Camille.

— Sim.

— Está tudo bem, Charles? — perguntou Nathan com uma certa preocupação, afinal, Charles estava doente e ficar sozinho nunca parecia ser uma das melhores opções.

— Está tudo bem — disse Charles —, quero apenas ficar um pouco mais, aqui é um lugar muito bom, aproveito e curto o pôr do sol.

— Esperamos que esteja tudo bem mesmo — disse Camille —, qualquer coisa é só falar com a gente. Terei que ir agora, Charles, se cuide. Amanhã nos vemos.

— Não se preocupem, estou bem, até mais, amanhã conversamos — disse Charles tranquilamente. Depois dessas palavras, os amigos apenas se despediram de Charles e seguiram.

Sozinho estava Charles, debaixo de uma árvore, sentindo a brisa suave e apreciando o pôr do sol, formulando detalhadamente o plano de como atrair a atenção de Pierre. Pensava concentradamente em cada ação que precisava ser feita para que o plano corresse bem e trouxesse sucesso, não especificamente para ele, mas para o próprio Pierre. Permaneceu debaixo daquela árvore por cerca de 40 minutos e depois seguiu para casa, saiu convencido de que tinha um plano, e mesmo que não fosse um dos melhores, seria vantajoso arriscar.

Chegado o dia seguinte, na escola Charles estava com um muito bem-organizado plano em mente e ansioso para contar esse plano aos seus amigos. Estava tão ansioso que achava que seus amigos estavam demorando para chegar, pois como de costume chegavam sempre juntos. Charles já estava na sala e logo estava prestes a chegar também o professor e, no entanto, não havia pista alguma de seus colegas. Charles estava começando a achar estranho, pois Nathan e Camille nunca chegavam atrasados. Depois de alguns minutos, Charles ficou um tanto aliviado, quando já com o professor em aula Camille chegou. Ao entrar, a jovem entregou um pequeno papel dobrado ao professor e seguiu para a carteira vaga que estava ao lado de Charles, ali Camille se assentou, cumprimentou seu colega e, por conta da aula, procurou falar pouco com Charles.

— Cadê o Nathan? — perguntou Charles em sussurro.

— Ele não vem — Camille desenvolveu também em sussurro —, não está se sentindo bem, depois te explico melhor.

Charles permaneceu quieto e igualmente sua amiga. Camille após aquela aula certamente iria lhe esclarecer o que de fato poderia ter acontecido com o Nathan.

Chegado o fim da aula, os dois seguiram para o pátio e ali Camille explicou a Charles o que aconteceu com Nathan.

— Ele está com dor na barriga — disse Camille —, quase não sai do banheiro. Ele me pediu para entregar um bilhete ao professor, eu pedi pro professor entregar na diretoria.

— Coitado, espero que fique bem logo — disse Charles.

Naquela manhã Nathan fez uma grande falta aos seus dois companheiros, para Camille e Charles aquela manhã estava tediosa e dessa forma Charles não encontrou motivação para expressar seu gentil plano de como "resgatar" Pierre.

No entanto, dias ruins são normais e, claro, eles sempre terminam, logo o que era manhã virou tarde e a tarde, noite, e como num piscar de olhos chegou o outro dia. Já na escola, Charles ali se encontrava um pouco mais calmo que no dia anterior a aguardar a chegada de seus dois amigos. No horário de costume, Camille chegou, e não sozinha, mas com seu companheiro fiel de caminhada: Nathan, e agora se sentindo muito melhor que no dia anterior. Agora que estavam os três juntos, era o momento ideal para Charles falar sobre seu plano.

— Então, naquele outro dia no Sinai — disse Charles quando os três estavam sentados em um banco no pátio — pensei bastante em uma forma da gente atrair o Pierre.

— Como seria? — perguntou Nathan.

— Então, é o seguinte — disse Charles —, chamei o plano de "código". Será desta forma: precisamos conseguir de alguma forma chamar a atenção do Pierre. E o "código" será a nossa ferramenta para isso.

— Mas como faremos isso? — perguntou Camille — Sabemos que conversar não funciona.

— Mas e se funcionar? — perguntou Charles contrariando Camille.

— Mas, Charles, você tentou isso. Não se lembra? — insistiu Camille.

— Lembro perfeitamente — disse Charles. — O fato é que não somos nós que iremos até ele, mas ele que virá até nós.

— Como assim? — perguntou Nathan surpreso.

— Vou explicar tudo — disse Charles. — Faremos assim: todos os dias iremos passar em diferentes horários ao lado do Pierre e quando estivermos passando iremos dizer uma palavra, ou seja, iremos falar a mesma palavra cada vez que passarmos por ele, com isso ele provavelmente vai se incomodar e vai vir tirar satisfação.

Charles explicou detalhadamente o plano, Nathan ficou admirado, apoiou e achou muito interessante tentarem; por outro lado, Camille achou que não era uma das melhores opções; bom, continuaram conversando a respeito do plano e não demorou muito para Camille perceber que tentar era de fato preciso, podia não ser a melhor e mais esperta ideia, mas era para salvar o antigo amigo do seu amigo e então ela se dispôs a ajudar. Por último Nathan disse:

— Mas afinal qual palavra falaremos?

— Nada mais, nada menos que "Sinai", essa será nossa palavra, ou melhor, nosso "código" — respondeu Charles.

Em busca de progresso

Formulado um plano, era hora de segui-lo. Mas, antes de colocá-lo em ação, Nathan sugeriu que primeiro falassem com Deus sobre isso e no dia seguinte agiriam conforme o plano, dessa forma fizeram, naquela noite em sua casa Charles em sua oração e conversa com Deus pediu que tudo corresse bem e que nada saísse do controle do Senhor. Após a sua oração, Charles nada mais fez senão se dirigir para seu leito e assim em pouco tempo dormiu.

Chegado o dia seguinte, o dia de ação, Charles se demonstrava tranquilo e animado, Nathan parecia um pouco tenso e por fim Camille aparentemente estava tranquila como todos os outros dias. Ao término de uma aula, estando em um intervalo, Charles fez a seguinte recomendação:

— Vamos caminhar um pouco separadamente, no momento em que passarem por perto dele é só dizer.

— Mas se ele estiver acompanhado com os amigos? — perguntou Camille.

Naquele momento Charles parecia estar em dúvida, mas não demorou a responder:

— Bem, o mais difícil vai ser encontrar ele sozinho.

A isso Camille e Nathan se mantiveram quietos, por fim Charles concluiu:

— Mas isso não é um imenso obstáculo, estamos começando. Assim como para todo fracasso existe um começo, para o sucesso acontece o mesmo.

Charles realmente estava se tornando bom quando se tratava de convencer seus amigos.

Momentos depois seguiram isoladamente pelos corredores da escola, era raro aqueles três estarem separados, mas naqueles dias era preciso. Seguindo um corredor, Nathan de longe avista o procurado, no entanto, para por um momento, pois se sente um pouco amedrontado, e ali permanece consigo mesmo, pensando sobre falar ou não o código, por um momento pensa sobre o que Charles faria naquele momento, e ele sabia claramente o que Charles faria. Respirando fundo seguiu em frente; à medida que cada vez mais próximo estava do jovem Pierre, Nathan ficava um pouco mais nervoso, mas isso não o fez desistir, seguiu e quando estava a um pouco mais de dois metros de distância mesmo com a voz um pouco baixa Nathan pronunciou:

— Sinai.

Dito isso, Nathan se encarregou de dar passos um pouco mais compridos que o normal. O procurado, percebendo e tentando entender o que ali acontecera, disse ao seus companheiros:

— O que esse idiota disse?

— Quem sabe? — responderam os colegas de Pierre, pois ninguém havia entendido o que Nathan havia pronunciado.

Tal coisa Nathan nunca havia feito, mas decerto que para tudo existe uma primeira vez, assim ocorreu a primeira vez do jovem para tal acontecimento, após isso Nathan seguiu diretamente para a sala de aula; ao chegar à sala, percebeu que seus dois amigos ainda não haviam chegado; assim sentou-se na sua carteira e ali esperou pela chegada de seus companheiros; logo chegou Camille e se dirigiu para onde Nathan estava; assim que ela chegou na carteira do seu colega, chegou à porta Charles e seguiu para onde os dois estavam; ali Charles foi o primeiro a se expressar dizendo:

— Alguém de vocês o viu? Eu fui até o banheiro e não o vi.

— Sim, eu o vi — disse Nathan.

— Só Nathan mesmo, porque eu não o vi — alegou Camille.

— E aí, Nathan, como foi? — perguntou Charles curioso.

— Foi como previsto — disse Nathan. — Ele estava com aqueles amigos estranhos à sua volta, mas deu certo, mesmo um pouco tenso passei e disse o código.

— Você acha que ele ouviu? — Charles perguntou.

— Sim — disse Nathan. — Depois que passei, ouvi eles se perguntando o que eu tinha dito. Pode ser que não tenham entendido de fato o que eu disse, mas haverá muitas oportunidades para entenderem e enjoarem dessa pronúncia.

Naquela manhã, em um outro intervalo, os três jovens seguiram com o mesmo intuito, e dessa vez Camille foi a felizarda. Avistando Pierre sozinho saindo do banheiro masculino, ela aproveitou a oportunidade para pôr em ação o plano. Sendo o banheiro feminino ao lado do masculino, Camille rapidamente usou da chance de passar ao lado de Pierre, dizer a palavra e de imediato adentrar o banheiro feminino. Camille fez exatamente como planejou, Pierre por sua vez estava distraído e não se deu conta da presença de Camille. Porém, ainda assim pôde ouvir algo, contudo não compreendeu aquilo que havia ouvido. Por instantes Pierre chegou a pensar que alguém tivesse lhe dirigido alguma palavra, e sim de fato havia sido isso. Entretanto, ele não demorou muito tempo por ali.

Camille ao sair do banheiro foi a um banco e ali ficou por algum tempo, a princípio sozinha, mas depois chegaram algumas simpáticas colegas e assim se entreteve um pouco com elas. Estando sentado em um outro banco, Charles percebe que acompanhado de um amigo o jovem Pierre caminhava em sua direção; conforme se aproximava, Charles agiu disfarçadamente como se estivesse procurando algo no chão. Com seu disfarce, esperou Pierre se aproximar, este estava despercebidamente conversando com seu colega e no momento em que passou ao lado do banco no qual Charles se encontrava, pôde ouvir uma voz antiga que por um certo tempo não ouvia, em bom e nítido som pronunciar:

— Sinai.

Naquele momento, Pierre tinha certeza de que tinha ouvido algo e que esse algo era direcionado a ele, pensou também que ultimamente tinha ouvido frequentemente aquela estranha palavra na escola.

— Psiu! Ouviu alguma coisa? — perguntou Pierre, interrompendo a fala do colega.

— Eu não.

— Tenho a impressão de que ultimamente tenho ouvido repetidamente uma palavra.

— Estranho — disse o colega —, deve ser coisa da sua cabeça.

— É — disse Pierre pensativo —, deve ser.

Conforme Pierre e seu colega conversavam, Charles cautelosamente levantou do banco e seguiu para a direção oposta ao local em que os dois jovens estavam, sabia que não podia ser descoberto por Pierre naquele momento, pois a hora certa ainda iria chegar.

Depois do curto diálogo com seu colega, Pierre conversava em pensamentos: "Tenho certeza que já ouvi essa palavra antes, alguém está passando por mim e dizendo ela, não sei o que essa pessoa quer com isso, talvez queira apenas me estressar, a palavra parece ser algo como 'sina' ou algo assim. Se alguém estiver tentando me tirar a paz, é bom ter um belo motivo pra fazer isso. Assim que eu descobrir quem está fazendo isso, vou dar um basta".

Naquela primeira manhã, o plano seguiu bem, aquelas três ousadas atitudes dos jovens eram um sinal de progresso. Charles sentia-se contente, dentro de si e se orgulhava de que a primeira parte do progresso já havia sido efetivada.

Dias passavam e os três jovens continuavam fielmente empenhados. Logo perceberam que os frutos desejados estavam começando a brotar. E em uma bela manhã, a jovem Camille ao passar ao lado de Pierre e pronunciar "Sinai" pôde ouvir o jovem Pierre questionar:

— O que disse?

Mas, naquele momento Camille ignorou totalmente a pergunta de Pierre, agiu como se não tivesse sido para ela aquela pergunta e seguiu seu percurso como se não tivesse acontecido absolutamente nada de diferente, dessa forma deixou Pierre confuso, pois ele com o disfarce muito bem-ensaiado da jovem ficou em dúvidas se tinha sido ela ou outra pessoa que tinha pronunciado a famosa palavra. Duvidoso, Pierre seguiu para onde estava sua turma de amigos.

Ao chegar na sala, Camille se dirige às carteiras em que estão seus dois amigos, de forma sincera ela narra todo o ocorrido, os jovens, especialmente Charles, ficam muito contentes com aquilo que ouvem.

Para um bom progresso do plano e contentamento dos três jovens, agora a participação de Pierre era cada vez mais frequente. A princípio quando Charles, Camille e Nathan ouviam o questionamento de seu adversário, agiam como se não o tivessem ouvido ou como se aquela questão não tivesse sido para eles.

Depois de cerca de três semanas seguindo rigorosamente o plano, finalmente ocorreu a coisa que Charles ansiava há dias. Ao ouvir Nathan pronunciar "Sinai" ao passar do seu lado, Pierre se manifestou, no entanto, não como em outras vezes, mas desta vez o seguindo e ao alcançá-lo colocou sua mão sobre o ombro de Nathan, ao sentir aquela mão em seu ombro Nathan se virou, se surpreendeu ao ver Pierre e se admirou com o que ouviu:

— Eu sei o que estão fazendo — disse Pierre —, há dias me tiram do sério com isso.

— Fazendo? A que se refere? — diz Nathan, esperando despistar Pierre.

— Não se faça de idiota — disse Pierre de forma pouco amigável. — Você sabe muito bem sobre o que estou dizendo.

Após essa última fala, Pierre nada disse, também não esperou nada que servisse como resposta da parte de Nathan e seguiu em direção à sala, Nathan no entanto se manteve no mesmo local onde foi abordado, observando seu intimidador se distanciar. Estando Pierre longe de sua vista, Nathan seguiu para a sala, ao chegar encontrou Charles e Camille juntos conversando, logo Nathan narrou o acontecido aos dois, todos sabiam que esse momento chegaria, Nathan parecia um pouco aflito com o ocorrido, Charles por outro lado se mostrava contente.

— Finalmente, já estava na hora — disse Charles expressando seu ânimo.

— Estava começando a desanimar — disse Camille —, finalmente chegamos nessa etapa.

Nathan nada disse, permaneceu calado após as expressões de seus colegas, não demonstrou estar triste ou contente sobre o que estava acontecendo no momento ou o que prometia acontecer dali para a frente.

— Nathan, isso é o nosso progresso, é à procura dele que estamos desde o início — disse Charles.

— Estamos progredindo, Nathan — complementou Camille.

Parecendo um pouco tranquilo, Nathan reage:

— É. Vocês estão certos.

Naquela manhã o progresso foi somente aquele, os jovens seguiram animados, Charles por sua vez era o mais animado, aquela manhã para ele tinha sido produtiva. No entanto, aquela mesma manhã seguiu sem mais novidades, mas para Charles isso não era problema, pois a sua pressa era pouca.

No dia seguinte, na escola, em um intervalo, estando Charles e seus dois amigos sentados em um banco numa curta esquina, foram surpreendidos pela sutil chegada de Pierre, e não somente a dele, mas também a de seus dois companheiros.

— Ora, ora, aqui estão eles — disse Pierre, em frente aos três jovens que estavam sentados no banco.

— Por que demorou tanto? Já estava começando a pensar que não vinha — reagiu Charles calmamente e convicto sobre o que dizia.

Charles era bom com palavras e aquelas pareciam ter deixado Pierre duvidoso, mas nem por isso Pierre se manteve calado.

— Tenho percebido uma certa pronúncia nesses últimos dias — disse Pierre —, cada vez que alguém de vocês passa por mim diz uma mesma palavra. O motivo disso é o que busco. Sabem? Eu queria estar fazendo qualquer outra coisa, mas acontece que vocês começaram a me irritar e vim dar um basta nesse teatro de vocês.

Diante daquelas palavras, Charles se mantinha muito sereno, tranquilo e sem preocupações.

— Compreendemos bem sobre seus muitos afazeres — disse Charles, calmo como um monge —, reconhecemos o quão precioso é o seu tempo, e sabemos plenamente que gastar o tempo com bobagens é realmente injusto, não é mesmo? Mas, vamos lá, diga-nos afinal a qual pronúncia você se refere.

— Sinai — disse Pierre —, frequentemente dizem isso quando passam por mim. Você tem razão, Charles, quanto ao tempo, mas age como um tolo a respeito de como vivê-lo. Acha-se esperto com seu modo de falar, mas, no entanto, fala uma coisa a qual não vive.

Charles se levanta do banco e olhando nos olhos de Pierre pergunta:

— Poderia mostrar onde não vivo aquilo que digo?

Pierre com uma risada retruca:

— Com prazer. Há pouco disse que "gastar o tempo com bobagens é injusto", correto?

— Perfeitamente — disse Charles.

— Nós dois — diz Pierre — sabemos o quão injusto você está sendo desde essas últimas semanas.

Charles o olha com um olhar duvidoso e exclama:

— Meu caro, há aqueles que não sabem para onde remam seu barco, quanto mais saber para onde os outros remam os seus.

Pierre revira-lhe os olhos com desprezo, pois não havia compreendido a que Charles se referia, e logo diz:

— Percebo que mudou bastante, Charles, parece filósofo, agora fala mais. Pois bem, eu também mudei, não diria que bastante, mas o suficiente.

— Mudanças vêm e vão — diz Charles —, mas o mais fantástico é descobrir quem você quer ser. Para mim não interessa sua mudança, mas aquilo que você deseja se tornar, a história que deseja traçar, isso muito me atrai, e não só a mim.

Depois dessas palavras, a sirene tocou e a conversa teve uma pausa por ali, pois conversas como essas não terminam em apenas um dia.

Colheita árdua

Ambos seguiram para a sala de aula, a princípio para Pierre era apenas uma conversa boba, que não continha até mesmo a mais insignificante importância. Mas quem nunca voltou a uma conversa através dos seus pensamentos? E mesmo "sendo" uma conversa boba, assim fez o jovem Pierre com ela. Depois da aula, em casa no seu quarto lá estava ele viajando em pensamentos, relembrando momentos da conversa de mais cedo, logo algumas coisas lhe chamaram a atenção, a forma tranquila e inteligente como Charles lhe respondia o intrigava, se manteve preso também a uma frase de seu antigo amigo sobre "remar o barco". Sobre isso pensou por alguns prolongados minutos, mas também não demorou a se ocupar em outras coisas.

Chegada a nova manhã, nada havia de diferente na escola. Mas alguém parecia diferente; para os amigos de Pierre, este parecia um pouco mais quieto que o comum; aqueles dois companheiros que com ele estiveram no dia anterior na conversa com Charles o questionaram se era alguma coisa a respeito daquela conversa com Charles, mas a resposta de Pierre era não. No entanto, Pierre se manteve um pouco quieto durante aquela manhã, e seus colegas acharam estranho, pois nunca o tinham visto daquela forma.

Pierre estava estranho e da forma como chegou na escola permaneceu até retornar para casa. O bom, é que como era sexta-feira, após a aula tinha muito o que pensar em casa durante o fim de semana. Na manhã de domingo, Pierre passou a refletir sobre por que afinal ele se comportava daquela forma, pensou bastante sobre sua antiga amizade com Charles. Felizmente, para fazer Pierre pensar bastaram apenas um curto atrito e algumas palavras certas, interessantemente bastou apenas isso.

Cá de volta chega a segunda-feira, Charles e seus colegas estavam preparados para qualquer contato e conversa com Pierre, e isso era aquilo que eles tanto desejavam.

Pierre, porém, se encontrava mais retraído, até mesmo com seus companheiros mais chegados, estava trocando poucas palavras, algo de errado havia com o jovem, há muito tempo seus companheiros não o viam daquela forma tão quieto, estavam acostumados com um garoto cheio de brincadeiras, falador e que parecia não haver momento ruim para ele. Com esse comportamento de Pierre, seus companheiros foram até Charles, Camille e Nathan para tirar satisfação e tentar entender ao menos o que poderia estar ocorrendo com Pierre.

— Aquilo que me foi solicitado fazer está cumprido, já não mais depende de mim — disse Charles aos questionamentos que lhe foram feitos da parte dos companheiros de Pierre.

Os amigos de Pierre não compreendiam o que ouviam de Charles ou aonde Charles queria chegar com aquelas palavras.

— Quem o mandou? — perguntou um amigo de Pierre, fitando um severo olhar sobre Charles. — Diga-nos e iremos até ele.

— Não podem — disse Charles —, vocês pensam de forma terrena, estão longe de compreender tais coisas. Posso lhes assegurar que Pierre está bem, não se preocupem, ele precisa apenas de tempo.

Essas palavras de Charles receberam pouca atenção, os jovens não se deram por satisfeitos, porém, nada mais perguntaram ou falaram e dali seguiram para outro lugar.

A comunicação com Pierre não ia bem naqueles dias, e ninguém sabia ao certo o que fizera ele ficar daquele jeito; por um lado, alguns desconfiavam que a conversa com Charles poderia ter influenciado para que se comportasse daquela maneira; de outro lado, alguns achavam que aquilo era simplesmente besteira. O fato é que Pierre estava diferente simplesmente, não parecia mais o mesmo. E assim alguns de seus amigos logo se cansaram da sua pouca interação e o deixaram, não mais lhe perguntavam algo ou lhe falavam qualquer coisa; alguns, porém, continuaram do seu lado e tinham ainda interesse pela sua amizade e tentavam ajudá-lo da forma como podiam.

Em uma manhã tranquila na escola, estando Charles e seus colegas no pátio conversando como de costume, Charles inesperadamente sente uma tontura, seus colegas ao notar que Charles sentiu algum mal-estar lhe perguntam:

— Charles, está tudo bem? Tá sentindo alguma coisa?

— Está. Apenas senti uma leve tontura — disse Charles colocando a mão sobre a cabeça.

— Qualquer coisa — disse Camille —, chamamos algum professor.

— Não precisa, já estou me sentindo melhor — disse Charles tentando despreocupar os dois colegas.

Após isso seguiram para a sala de aula, Charles aparentemente não apresentou quaisquer outros sintomas, terminadas as aulas seguiram como de costume para o portão de saída da escola para se despedirem e seguirem para casa, no entanto Charles foi surpreendido pelos seus colegas ao ouvir que estes o acompanharia até em casa para prevenir e o ajudar caso precisasse, Charles repetidamente disse que não havia necessidade, mas logo percebeu que nada que dissesse iria mudar o pensamento dos colegas e assim se rendeu. Seguindo a rota de costume, ao cruzar a primeira esquina, Charles sentiu novamente uma tontura, desta vez não leve e também não apenas ela, sentiu um forte incômodo na região peitoral e levando sua mão até seu nariz percebeu que estava saindo sangue deste. Charles seguia à frente de seus colegas, e até então os colegas não tinham visto nada de diferente com Charles, pois até mesmo estavam conversando distraídos. Enquanto seus colegas vinham atrás, Charles virou-se para os amigos; ao verem o sangue que escorria do nariz de Charles, a aflição foi alta para aqueles dois jovens, ficaram extremamente preocupados, e para angústia maior o jovem Charles infelizmente veio a desmaiar.

Camille e Nathan naquele momento estavam tomados de imenso desespero, medo e aflição, desesperados olhavam para pessoas que pudessem estar passando na rua para pedir-lhes ajuda, mas para desgosto ainda maior, logo naquele momento não passava uma pessoa sequer, e da mesma forma eram os carros, aquela rua estranhamente parecia um deserto naquele momento, pois infelizmente era rua pouco movimentada, e isso só piorava a situação.

Como a escola não estava tão longe, em meio a tamanha angústia, Nathan logo disse que iria até a escola em busca de qualquer ajuda, e assim ele o fez, correu o mais rápido que pôde. Desesperado, encontrou apenas uma professora naquele momento e falou rapidamente a ela o que havia ocorrido com Charles. Com aquela notícia, a professora ficou aflita, seguiu rapidamente o jovem Nathan, pois infelizmente naquele momento muitos professores já haviam deixado a escola, assim restando praticamente apenas ela. Logo os dois chegaram no portão da escola, por sorte viram que Pierre estava por ali sentado em um banco sozinho, os dois o chamaram depressa; após o jovem Pierre chegar até eles, foi-lhe explicado tudo o que estava acontecendo e que precisavam de sua ajuda o mais rápido possível.

Os três seguiram para onde estavam Camille e o jovem Charles. Chegando ao local, Charles ainda estava desacordado, a professora fez tudo que pôde para ajudar; depois de alguns minutos, felizmente conseguiram chamar uma ambulância; e, assim, a professora e Pierre seguiram com Charles para o hospital; já Nathan e Camille se encarregaram de seguir para a casa de Charles e explicar todo o ocorrido à mãe do colega.

Logo que soube, Margarida seguiu às pressas para o hospital, Joseph como de costume estava no trabalho, mas logo foi avisado sobre tudo o que estava acontecendo com seu filho e assim não demorou muito para que também chegasse ao hospital. Ao chegar encontrou sua esposa amargamente abalada, perguntou pelo seu filho, foi-lhe dito que estava desacordado e que os médicos não tinham apresentado nenhum diagnóstico no momento. Aquela tarde estava soando amarga, mas logo ela chegou ao fim, a tristeza acompanhou o fim e o início do novo dia, e assim nada consolava aquele casal desesperado que apenas ansiava por uma notícia positiva. O segundo dia não foi diferente do primeiro, Charles permanecia ainda em sono profundo, e seus pais em profunda aflição, pois nenhuma notícia positiva vinha por parte dos médicos.

Chegado o terceiro dia, os jovens Nathan e Camille e até mesmo Pierre se encontravam ali reunidos na sala de espera, os pais de Charles estavam exaustos, abatidos e arrasados, a única coisa que não havia desgastado eram suas esperanças. Eles avisaram aos três jovens que precisavam sair um pouco para ao menos tomar um café, pois estavam extremamente cansados. Depois de avisado aos jovens, eles seguiram para a padaria mais próxima que havia ali.

Após a saída dos dois, aconteceu que Charles finalmente deu um sinal de vida, acordou, porém se mostrava desorientado, a uma enfermeira que estava no quarto perguntou que dia era aquele, sua resposta foi que era quarta-feira; após ter acordado, ela checou se estava tudo bem e até o momento parecia que tudo estava sob controle. Charles não disse nada, mas lembrava que seu último dia acordado havia sido na segunda-feira. Gentilmente perguntou se tinha alguém na sala de espera esperando que ele acordasse, ela disse que sim, seus pais e alguns colegas. Charles pediu que verificasse se algum jovem com nome de Pierre estava lá presente e que se o tivesse lhe pedisse que viesse até o quarto, pois gostaria de falar com ele. Assim ela fez de bom grado, chegando à sala de espera disse que tinha uma boa notícia: Charles havia finalmente acordado e pediu para que um jovem chamado Pierre fizesse o simples favor de comparecer ao quarto em que Charles estava. Depois de ouvir o comunicado da enfermeira, Pierre pensou: "Mas logo eu?", porém não hesitou em ir, acompanhou-a até o quarto, após a chegada dos dois ao quarto, Charles pediu à enfermeira que os deixasse a sós, ela consentiu tranquilamente, apenas pediu que qualquer coisa a chamassem.

Pierre tocando na mão de Charles perguntou:

— Como você está?

— Só gostaria de dormir na minha cama — disse Charles com um alegre humor —, ela é mais macia, mas até que essa aqui tá confortável, porém, ainda assim prefiro a minha.

Naquele momento Pierre sorriu.

— Mas estou bem e você como está? — disse Charles.

— Que bom. Fico aliviado. Agora estou bem — disse Pierre.

Charles sorriu, mas depois de um momento ficou um pouco sério e disse:

— Pierre, te chamei aqui porque preciso falar algo muito sério com você.

— Pode falar, Charles — disse Pierre.

— Preciso que vá até a minha casa — disse Charles — vá ao meu quarto, ao lado da minha cama pegue um caderno de cor marrom, na primeira página dele tem um título: "Quando vale a pena viver", pegue e o leia.

Pierre achou estranho Charles lhe pedir logo um favor como aquele, num momento como aquele.

— Mas pra que esse caderno?

— Apenas faça — retrucou Charles estando muito sério. — Poderia chamar a enfermeira, por favor?

— Tudo bem — disse Pierre.

Assim Pierre, saiu da sala e chamou a enfermeira. Ela foi, perguntou a Charles se estava sentindo algum incômodo, ele disse que não, ela então lhe pediu que descansasse, assim ele o fez, e não recebeu ninguém, apenas repousou. Passados alguns minutos, Joseph e Margarida chegaram ao hospital e foram recebidos com a maravilhosa notícia de que Charles havia acordado. Animados, queriam o quanto antes ver o filho, a mesma enfermeira a qual tinha levado Pierre levou também agora Margarida e Joseph até o quarto, ainda na porta ela recomendou que qualquer coisa a chamassem, feito isso os deixou a sós com o filho.

Ao entrarem perceberam que Charles estava com os olhos fechados, aproximaram-se, Margarida disse:

— Filho?

Mas não teve nenhum retorno, Joseph fez o mesmo, mas nada de retorno, insistiram chamando cada vez mais o filho, mas Charles nem se mexia, após algumas insistências, os pais logo recorreram à enfermeira, relataram o que se passou no quarto, e a enfermeira logo foi checar a respiração de Charles, ao checar, fez uma cara de preocupada ao perceber que Charles não estava respirando, rapidamente a enfermeira saiu às pressas chamando por um médico, um médico ao ouvir seu clamor correu em sua direção. Ao entrarem no quarto, pediram que os pais de Charles se retirassem imediatamente dali, Joseph e Margarida tinham em mente o "porquê" daquilo, pois viam claramente que a vida do filho dependia dos médicos, no entanto certamente a palavra final para a solução do caso de Charles estava muito mais longe do que eles ousavam pensar.

Frustrados e novamente abalados, eles saíram, mais uma vez estavam sem os pés no chão, porém, ainda assim tinham uma clamorosa esperança dentro de si.

Aguardaram por um pouco mais de uma hora na sala de espera, quando perceberam a aproximação daquela mesma enfermeira que antes os levara ao quarto em que Charles estava dormindo, desta vez a enfermeira mostrava-se cabisbaixa, seu olhar não demonstrava nenhuma esperança. Margarida, ansiosa por uma resposta, por algo que pudesse consolar seu coração, esperando ardentemente pela notícia de que seu filho estava bem e que logo retornaria para casa com ela e Joseph, perguntou com os olhos cheios de lágrimas:

— Como ele está?

A enfermeira nada respondeu de imediato, permaneceu olhando fixamente para Margarida e Joseph e em seguida fez um gesto negativo com a cabeça e deixou escorrer algumas lágrimas. Naquele momento os pais de Charles desabaram em tamanho choro e imensa tristeza, não era mais necessário palavras. Assim como Margarida e Joseph, Camille e Nathan choravam copiosamente pelo falecimento do jovem Charles. Pierre, que havia ido ao banheiro, quando retornou encontrou todos em profunda desconsolação, ele apenas olhou para Camille com um olhar duvidoso e Camille correspondeu com profundos gestos de tristeza, já com lágrimas nos olhos Pierre perguntou:

— Charles?

Camille confirmou com a cabeça. Pierre desabou em choro.

Não havia quem pudesse compreender a dor daqueles jovens e daqueles pais naquele dia, choravam copiosamente por Charles, totalmente desolados retornaram para casa, a notícia do falecimento do jovem Charles percorreu toda a cidade e na tarde do dia seguinte imensa era a multidão de amigos e conhecidos no velório do jovem. A cidade estava de luto. A morte de Charles era inacreditável, no velório muitos não continham as lágrimas, todos que conheciam Charles se perguntavam por que ele, tão jovem, ter partido assim tão cedo e do nada. Todos estavam desapontados com aquele destino de Charles, para Nathan e Camille era uma tortura olhar para os arredores e não ver e sentir a presença tão simples e sem igual de Charles, para Margarida e Joseph era uma dor sem fim, perder aquele filho, aquele rapaz tão único e que dava sentido total em suas vidas. Tudo tinha mudado para aqueles que amavam grandemente aquele simples jovem que muito cedo partiu. Pierre se cobrava e sofria por não ter vivido mais tempo ao lado de Charles, estava desconsolado pela perda que ele e todos estavam enfrentando.

Passadas duas semanas após a morte e velório de Charles, Pierre se perguntava o porquê de o amigo partir assim tão cedo; pensando sobre isso, lembrou-se do favor que o próprio Charles havia lhe pedido: que pegasse um caderno em sua casa. Pierre foi então à casa de Joseph, chegando lá foi bem recebido, apesar de ser notável a tristeza nos olhos de Joseph e Margarida por conta da perda. Pierre ficou com um certo receio, mas ainda assim quis tirar uma dúvida que estava há dias em sua cabeça.

— Joseph, posso fazer uma pergunta? — disse Pierre.

— Claro — respondeu Joseph.

Pierre respirou fundo e perguntou:

— Qual foi a causa da morte de Charles?

Todos na cidade comentavam que o motivo da morte do jovem era por conta do câncer que ele estava enfrentando, Pierre já sabia disso, mas queria ouvir da boca de Joseph o motivo.

Aquela pergunta parecia ter doído profundamente em Joseph, e logo depois de se emocionar um pouco ele respondeu:

— Os médicos disseram que o coração dele parou.

Depois de tirar sua dúvida, Pierre não disse muita coisa, e Joseph interrompendo o clima de tristeza perguntou:

— Mas, meu caro Pierre, o que te trouxe até aqui?

— Já estava esquecendo. No hospital, tive a oportunidade de falar com Charles antes dele... e ele me pediu que viesse aqui e pegasse um caderno no quarto dele e o lesse.

Joseph ficou surpreso com aquilo que ouviu, pois não sabia desse ocorrido, perguntou como seu filho estava no momento em que conversaram, Pierre de forma sincera respondeu que ele estava bem, que nada parecia estar errado e era até mesmo por isso que tirara a dúvida sobre qual seria a causa da morte. Conversaram um pouco a respeito daquele assunto, e logo procuraram falar sobre uma outra coisa. Joseph falou a Pierre que podia ir até o quarto de Charles e que seria melhor ele mesmo procurar o caderno.

Pierre então com a companhia de Joseph se dirigiu até o quarto; ao chegar à porta do quarto, Pierre entrou, enquanto Joseph ficou na porta e disse que podia se sentir à vontade; Joseph logo saiu e Pierre ficou ali sozinho no quarto de Charles olhando vários objetos, livros e alguns quadros, o quarto estava muito bem-organizado. Pierre logo encontrou aquilo que procurava, após encontrá-lo, sentou-se na cama do seu querido amigo e ali se perguntou em pensamentos:

"Por que fiquei todo esse tempo longe de ti, Charles? Por que entre tantas escolhas eu escolhi a pior?".

Por alguns instantes, não segurou as lágrimas, chorou mais uma vez, em carinho pelo amigo, mas não demorou muito para se recolher. Por último se ergueu, se dirigiu até a porta, olhou atentamente mais uma vez para aquele quarto e seguiu para a sala com o caderno na mão.

— Vejo que encontrou aquilo que procurava — disse Joseph, depois que Pierre chegou à sala acompanhado do caderno.

— Não foi difícil, o quarto está muito bem-organizado — disse Pierre.

Essas palavras fizeram com que Joseph pensasse um pouco e dissesse:

— Todas as manhãs, Charles antes de ir para a escola o organizava, e o quarto continua como ele deixou.

Pierre ficou surpreso e acrescentou:

— O Charles é sem igual.

Pierre e Joseph não ficaram conversando por muito tempo, logo Pierre se despediu de Margarida e também de Joseph e seguiu para casa.

Só depois de chegar em casa, Pierre abriu o caderno e se deparou com o tema: "Quando vale a pena viver". Viu que Charles havia escrito bastante, e tudo eram coisas belíssimas. Depois de ler tudo o que o próprio Charles havia escrito naquele caderno, no dia seguinte Pierre resolveu retornar à casa de Joseph e mostrou-lhes as coisas lindas que o seu filho havia escrito a respeito de todos eles. Pierre mostrou os escritos também a Nathan e Camille. E dessa forma todos que viram os escritos se emocionaram com aquilo que veio da parte de Charles. Pierre estava encantado com aqueles escritos, e assim logo teve uma bonita ideia que partilhou com Nathan e Camille, os quais por sinal acharam excelente aquele pensamento, e logo contaram também a Joseph e Margarida, e estes também apoiaram.

A ideia era falar com a direção da escola na qual Camille, Nathan e Pierre estudavam, a mesma que também Charles antes fazia parte, para que eles pudessem reunir todos da escola e ler o escrito de Charles para todos ali ouvirem e saberem um pouco do caráter de Charles. Depois de entrar em contato com a diretoria da escola, a diretora achou interessante a ideia e solicitou os escritos de Charles para examinar sobre o que exatamente se tratavam aqueles escritos, a diretoria ao realizar sua análise notou que aquilo que o jovem havia escrito era algo sensível e inocente. Depois de lido, a permissão além de concedida foi muito bem apoiada.

Ainda não acabou

Depois de dias de organização, Pierre estava sobre um pequeno palco diante de todos com valiosas mensagens escritas em um humilde caderno. Depois de respirar fundo, ele começou:

— Bom dia a todos, venho por meio desta organização manifestar um belo pensamento de um antigo colega nosso; com a permissão da diretora, de Joseph e Margarida, gostaria de mostrar um pouco do caráter de um amigo tão querido, que se foi, mas que jamais sairá dos nossos corações.

Pierre naquele momento olhou para o papel que tinha em mãos e começou sua leitura:

Quando vale a pena viver

Quem criou a vida? Como bem vivê-la? O que esperar da vida? Por muito tempo, me questionei sobre tais perguntas e por longos dias busquei por algo que pudesse chamar de resposta. Decerto que quem espera sempre alcança, quem procura encontra ou para quem bate a porta se abrirá, assim comigo aconteceu, bati e a porta se abriu. Desde muito cedo, tive gigantescas dúvidas, assim como toda criança, meus pais no entanto nem sempre tiveram as respostas que almejei ou que me eram necessárias, mas isso não queria dizer que estava tudo perdido. Pois alguém maior e bem mais sábio que eles veio ao meu encontro. Sim, eu tive experiências com Deus, não somente uma, mas várias e maravilhosas, vivi algo fora do natural, e ainda por cima recebi a bênção de viver em um lar que me ofereceu todas as condições de me santificar.

Venho dizer o quão bela é a vida e o quanto vale a pena bem vivê-la. É, eu sei, sou apenas "um garoto, ou melhor, um garoto muito jovem para pensar dessa forma", alguns podem pensar, e sabem? estão certos!

Sou exatamente isso, um simples e jovem garoto, mas estou aqui para dizer que Deus veio até mim, não porque eu merecia, mas porque Ele é misericordioso. Ele me mostrou quão bela é a vida, que ela vai muito além do que podemos ver, a vida é um curso no qual aprendemos infinitas coisas, em que fazemos grandes ou pequenas coisas, em que viajamos, brincamos, amamos, sofremos, nos divertimos e infelizmente nem sempre valorizamos o seu real significado. Gostaria de recomendar a cada um que ler esses meus escritos que amem a vida e principalmente amem o autor da própria vida, ele é real e tem algo extraordinário à sua e à minha espera. Sejam felizes, meus irmãos. Mas acima de tudo sejam de Deus. Deus os abençoe.

Camille e Nathan

Feliz daqueles que têm amigos como vocês. Me edificaram bastante, estiveram sempre do meu lado, me apoiaram, me reinventaram, ocuparam grande espaço no meu coração. Grandes e inesquecíveis tardes vivemos no Sinai, amigos como vocês são para a vida toda, por isso jamais esquecerei de vós. Eu vos amo, meus amigos!

Fiquem em paz, e que o Senhor Deus vos abençoe.

Pai e mãe

    Mãe, sei que é difícil suportar tudo isso que está passando neste momento, eu assim como a senhora não queria isso, sei que a dor é imensa e muitas vezes não cabe no peito e escorre pelos olhos, mas te peço, seja forte, a senhora sempre foi e sempre será minha guerreira. Eu te amo, Mãe!

    Pai, o que falar do meu herói? Apenas alguns favores irei te cobrar, sempre que puder fica mais em casa e cuida ainda mais da mãe, ela precisa do senhor. Meu querido pai, quero te agradecer por todas as vezes que pôde conversar comigo, que me deu o seu precioso tempo e atenção, sei que muitas vezes estava extremamente cansado, mas mesmo assim não hesitou em estar comigo. Eu te amo, Pai!

    Fiquem em paz, e que o Senhor Deus vos abençoe.

Meu querido Pierre

Ah, meu caro amigo, vivemos preciosos momentos, alegrias sem igual desfrutei ao seu lado, conversas bobas, mas que traziam tantas felicidades. Quantos momentos inesquecíveis vivemos juntos.

Sei que ultimamente estivemos muito distantes, já não éramos os mesmos, mudanças haviam ocorrido e nos demos ao luxo de não aproveitarmos o máximo de tempo juntos. É, meu amigo, mas grande é também a lição que daqui tiramos.

Eu te amo, meu amigo e sempre te amarei. Se me permite, quero te falar apenas mais uma coisa: às vezes quando estamos estressados achamos que temos toda a razão e que a razão é somente nossa; tente, meu amigo, não cair nisso, viva a vida, não apenas exista. Você pode ser sua melhor versão, seja ela e viva bem.

Fique em paz, e que o Senhor Deus vos abençoe.

A todos os meus colegas de sala e de escola

Para aqueles que não me conhecem, prazer, me chamo Charles, a essa altura do campeonato devo estar muito famoso, pena que essa, seja uma fama muito triste para vocês, mas fiquem contentes, meus amigos, alegrai-vos no Senhor, tudo estava premeditado pelo Grande Senhor da Vida, um tempo atrás Ele me relatou sobre minha partida, eu sabia que iria ser doloroso para vós, mas se conhecessem a alegria daqueles que partem para junto do Senhor Deus, se rejubilariam com a minha partida para junto do Pai, claro que a saudade é grande, chega a doer, porém, maior é a alegria daqueles que partem para junto do seu Senhor, o Deus do Universo. Deus abençoe grandemente a vós, meus caros amigos. E busquem o Senhor, pois vale toda uma vida.

Espero encontrar-vos um dia na Glória de Deus Pai. Amém.

Fim!

Depois de ler aquela carinhosa carta, Pierre ouviu uma calorosa salva de palmas. Com as palavras de Charles, muitos alunos se emocionaram e viram que a vida é muito mais que momentos, independentemente se alegres, tristes, intensos, leves, independentemente do momento, a vida é e sempre será mais do que imaginamos.

Palavras que tocam a alma

Muitos se emocionaram com aquela leitura, principalmente Margarida, e muitos que não conheciam Charles perceberam a partir das suas palavras o quão especial ele era, todos amaram o escrito e se sentiram tocados pelas suas palavras e as levaram a sério. Por meio de seu resumido e pouco contado testemunho, muitos procuraram viver o Cristianismo, muitos depois daquelas palavras se motivaram a buscar e viver uma vida melhor.

Charles faleceu no dia 11/12/1987, mas por muito tempo permaneceu vivo dentro dos corações de grande parte dos habitantes daquela pacata cidade. Charles foi um doce jovem que mesmo tendo câncer viu sentido na vida e que até mesmo fez muitos verem sentido em suas vidas.